AF502408

CHAN HEURLIN,

OU LES
FIANÇAILLES DE FANCHON.

POÈME PATOIS MESSIN,

EN SEPT CHANTS.

PAR BRONDEX ET MORY, DE METZ.

PUBLIÉ PAR M. G**.

Un récit un peu gai n'est point une satyre ;
Ne le censurez pas si Heurlin vous fait rire :
Mais s'il vous fait pleurer, brûlez-le sans pitié,
Chan préfère ce sort à votre inimitié.

———————

METZ,

CHEZ Mme Ve DEVILLY, LIBRAIRE,
Rue du Petit-Paris, 8.

—

1841.

CHAN HEURLIN

ou les

FIANÇAILLES DE FANCHON.

SOUS PRESSE.

La Grosse Enuvaraye messine, ou Devis amoureux d'un Gros Vertugay de village à sa mieux aimée Vazenatte.

Dialogues faeétieux d'un Gentilhomme français se complaignant à l'amour, et d'un Berger qui le reconforta, et parlant à lui en son patois.

La famille ridicule, comédie messine, (par Bouy, notaire, et Feticq, avecat). Pièce attribuée par des bibliographes à J. Le Duchat, et par d'autres à Ch. Ancillon.

NANCY, IMPRIMERIE DE L. VINCENOT,
Grande-Rue (Ville-Vieille), 11.

AVIS DE L'ÉDITEUR.

Brondex (Albert) entreprit de composer le poème patois de Chan Heurlin, vers 1785; il en lut les cinq premiers chants à des amis qui, charmés de la grâce naïve qu'il avait su donner à son récit, le supplièrent de le continuer; mais il traita les Muses avec autant de négligence que ses affaires domestiques, car M. Gaspard, son ami et son parent, fit vainement imprimer, en 1787, ce qu'il avait mis au jour de son poème, pour l'engager à le continuer; il quitta le pays, laissant pour toute consolation à son parent le plan de son épopée, après lui avoir raconté les incidens qui devaient procurer à la sensible Fanchon une longue vie et un parfait bonheur. M. Mory, auteur de plusieurs opuscules dans le même idiome, fut invité par M. Gaspard à y mettre la dernière main en 1827. Il y consentit, substitua dans le cinquième chant l'avanture de la belle Louise la cabaretière, à des personnalités dirigées contre un des chanoines de la paroisse Saint-Sauveur de Metz, et composa le sixième et le septième chant sur les documens qui lui avaient été confiés; mais ce travail l'ayant ennuyé et n'ayant pas de plan bien arrêté, il en amena trop rapidement la conclusion.

Bientôt après, il sentit la nécessité de le terminer par le baptême du fils de Fanchon, et c'est ce qu'il a fait sans y attacher d'autre importance que celle d'occuper ses momens de loisir, pensant que ceux qui avaient lu le poème verraient avec plaisir le récit de la cérémonie de ce baptême, qui est une suite nécessaire de l'action principale. Il a indiqué en tête du poème la manière de prononcer le patois messin; quant à celle de l'écrire, on ne connaît point de règles fixes pour l'orthographe; aussi on y rencontre plusieurs mots qui ont la même signification, quoique écrits différemment et par abréviations.

EXPLICATIONS

SUR LA MANIÈRE DE LIRE ET D'ÉCRIRE LE PATOIS
MESSIN.

Si on lisait le patois ainsi qu'il est écrit, on aurait peine à le comprendre, du moins dans certains cas susceptibles de beaucoup de licences poétiques, car il n'a point de règles déterminées, ni pour la mesure, ni pour la rime des vers.

La prononciation est également utile à connaître pour le bien comprendre ; par exemple, on rencontrera souvent dans cet ouvrage les mots Vrémin, Heurlin, vin, fechtin : *si on les prononçait comme s'il y avait,* Vrémain, Heurlain, vain, fechtain, etc. , *on ne vous entendrait pas ; il faut appuyer sur la finale* in, *et la prononcer de même.*

En général, on doit remarquer que l'apostrophe tient la place de l'e muet, comme dans les mots ci-après : nat', mat', chur', dial', hom', fom', com', bel', r'ti, s'ti, d'dans, b'zan, eun', dem', etc. *Il faut lire comme s'il y avait,* nate, mate, chure, diale, homme, fome, comme, belle, reti, ou roti, soti, dedans, bezan, eune, dème, etc. , *de manière à faire sentir légèrement l'e muet remplacé par l'apostrophe.*

SOMMAIRE.

CHANT PREMIER.

CHANT DEUXIÈME.

CHANT TROISIÈME.

CHANT QUATRIÈME.

CHANT CINQUIÈME.

vont déjeûner chez la belle Louise, cabaretière vis-à-vis St.-Arnould : querelle et bataille entre un ivrogne et un sergent de ville qui s'y trouvent : frayeur de Chalat qui va se cacher sous un lit : départ de tous pour Vrémy.

CHANT SIXIÈME.

Événement en route ; culbute du char sur lequel on avait placé Chalat, malade : leur arrivée chez Heurlin, où ils trouvent Fanchon qui était partie la première sur une charrette, et Chalat déposé sur le pavé par le voiturier qui l'avait mis sur son char : entretien sur les préparatifs du festin ; fixation du jour pour le mariage : départ de Lécornaye et des deux Pouarés pour Vany : nouvelles de Marice que Fanchon reçoit par l'ami Colas Freumin ; sa résolution.

CHANT SEPTIÈME.

Retour à Vrémy, la veille de la noce, des Pouarés et de Lécornaye : arrivée des parens invités : nouveaux chagrins de Fanchon, qui dissimule son embarras ; on se met en chemin pour se rendre à l'église. — Apparition subite et inattendue de Marice : surprise de chacun : Fanchon tombe en faiblesse, on la porte sur son lit où elle accouche un instant après d'un gros garçon.

Déclaration de Marice en présence des gens de la noce réunis chez Heurlin, de n'avoir jamais d'autre épouse que Fanchon : joie du père et des assistans ; désappointement de Chalat Pouaré. Dîner du festin : danses, farce jouée à Chalat, désagrément qu'il en éprouve.

Entretien particulier de Chan avec Marice ; fixation du baptême de l'enfant pour le jour où Fanchon sera en état de se marier avec son amant. Invitation de Chan Heurlin à tous ses parens, de se trouver au nouveau festin qui doit avoir lieu à ce sujet.

LES BRUILLES.

POÈME
PATOIS-MESSIN.

CHANT PREMIER.

Je và, dans mes lugis , entrepanre ein ovreige ,
Que les Monsieus d'let Velle, et les Hommes de Vleige.
Rewatront com in conte , et ne creuront jémà.
Qu'eusseut ! s'i font profit de çou que j'lou dirâ ,
J'érâ rempli met tâche , et po payet met poîne ,
Évà les çous qu'riront j'érosrâ met gergaîne.

En l'an mil sept cent dauze, on Vleige de Vremin ,
Vecueut in plagiant Hom , qu'on houieut Chan Heurlin.
Let gran Ginon set fome ateut grolâte et seïge ;
Et depeu dige-hute ans qu'l'atint dans zoutt meneige,
Ell' s'éveut tant dgrolet qu'i n'évint qu'ein affant :
Mà quel affant, grand Dieu ! l'en vâleut beun in cent.
Càr depeu Maguelône , ou bien let belle Haleine,
On n'éveut jémà vu ni Princesse ni Reine ,
Qu'éveusse in se bé vseige , et lo rèche et l'év'nant ,
Bé maintien, douceur d'Ange , esprit divertissant ,
Bés œuils et biens guernis , échtoméque aidmirable ,
Boche qu'in bé rousi n'eme in boquet sembliable,
Béles jambes, bés pieds, bé... qu'et que j'vos dirâ ?
L'awe m'en vièt et let boche, et vlèt çou qu'j'en érâ.

Telle ateut, mes émins, let chermante Bacelle
Dont je v'và récontret l'évanture cruelle.

1

Depeu l'âge inoucent que l'éveut des bévrons,
On l'éveut torjo vu lourgnaye des guéchons.
Mà bernic, i n'ousint li pâlet d'émourettes ;
Set meire en so dgrolant rebousseut zous fleurettes.
Fanchon li'ateut somise, on n'érint jémà cru
Que squieur eveût lo got que détrut let vertu.
Au contrare chéquin let beilleut po modêle,
Et les gens let crayint austant seige que bêle.
Mà ne vient-ime in tems où let ségesse et tour,
Ou let néture pâle, oû l'anmor à l'pu four?
Dans ço tems dangeroux les bêles étécayés,
Po werdet zout oneur, font sovent des crawayes.
L'écheppe et l'en moîntiet. Çà vrà qu'il y'en et bien
Qu'eu conservent let pé, et qu'on n'en saine rien.
L'ont ma foy bien rajon : ç'at in bé privileige
De jayir en coichatte, et de pesset po seige.
Natte poure Fanchon'n'eme évu l'esprit-lèt ;
L'et jayi dou, treu fois, mà l'et mou brâ po çlet.

Dans le moy qu'fâ fliari let vialate et let rouse,
Et que dans les jerdins let maudite fouérouse
Prend lo seuc de let teire, et fâ fochnet les gens,
Fanchon qu'éveut grand soin de n'pecdé auqu'n moment,
Quand l'éveut fâ s'n ovreige âleut rayet let zoute,
C'â ço soin-lèt qu'et min set ségesse en déroute.
Des fasses de faichins d'environ treus pieds d'haut
Sépérint zoute meix d'évâ l'çou don Merchaut.
Lo fet don Merchaut-lèt, qu'en houint l'bé Marice,
Sôu de tochet l'anclieume, et dotant let mélice
Évent pris don service en in vieux Régiment,
Où content de s'mérite, on l'éveut fâ Sargent.
L'éveut connchu Fanchon ; mà let guerre et l'ebsence,
Des fomes, des pliagis let douce jaïssance,
Li'évint fâ roubliet ein objet si chermant.
Enfin l'ateut revnin, quând dans l'meix so promnant
L'et éperçu Fanchon râyant l'èrbe maudite :
I vleut l'allet trouvet po li fare visite ;
Mà dotant que Ginon ne feieusse don bru,
I so mint dlé lei haïe, et let r'wateut petdsu.
Fanchon li torneut l'doû, et maugré ses grand cattes,
Com l'ateut foû béchiaïe, en voyint ses treucattes.
Qu'in rewà de let soûrte at in briquet bien fin !
Quand l'œuil en â tochet, zeste val lo fu prin :
Val lo quieur enfliémé, vlèt l'ame dans l'ivresse :

Et qué Diale y tiènreut, quand on et d'let janesse ?
Marice n'y tient pu ; i teusse , et vlèt Fanchon
Que s'retonne , et rogit de veur in s'bé guéchon.
En effet l'ateut bé ; son éhit d'ourdonnance
Son ar mâle et guerrier, set fiere contenance
Ont fâ , su cette Bêle , ein effet sourprenant.
« V'ateus , dit-i , voisine , in jerdenier chermant.
« Que ne su-je chèrget de fâre vat ovreige :
« Je n'm'en hadreu jémà ; ni béteille ni seige
« Ne pourrin m'érèté , quand j'overreu por vos ;
« Ve veurins mot coraige augmenter tos les jos ;
« Chaique instant de m'n anmor v'érins des ergairades , »
« Que j'écompaignereux de cent mille embressades. »

     Fanchon tot interdite , et les œuils ébéchiet ,
Li répond doucement : — Voisin , ve v'macqueus d'met.
« — Mo macquet d'vos , dit-i , non , ve lo poleus creure ;
« Po v'édoret , Fanchon , en n'on bsan que de v'veure.
« Dans Metz , dans Besançon , dans Pèrià , de mes jos ,
« J'nâ point trouvet d'bacelle aussi bêle que vos..
« Ausset mot quieur i prins , et je sens que je v'aime
« D'un anmor que deurret tot austant que met-meime ;
« Mà , po payet , Voisine , ein anmor se constant
« Érà-je de vat'quieur in pérail sentiment ?
« Pourrà-je , sans v'fôchet , demandet que v'm'aiminse ?
« Et l'entraïe cheu vos me sret-elle perminse ?
« Vatte meire , dit-on... — N'écouteur met les gens ,
Dit Fanchon ; dans lo Vlaige , i sont bien médisans.
Ç'à vrà qu'en v'nant cheu nos , veu fôcherins met meire ;
Mà mot peire aim'reut bien d'ouï pâlet d'let gueire.
Ces doux mats , com in baum , ont pourtet dans son quieur
Let jouïe que produit l'anloute don bonheur.
     — Je li'en pairà , dit-i ; mà d'vant que d'l'allet veure ,
Je và fâre in boquetique j'vos pirâ de r'cieure.
I corre , en meime instant , depeilliet doux reusis ,
Que présentent aux œuils l'imaige des pliagis ;
I mâle et zous boutons , jeuilliennes et blians moines ;
L'érive évà ces fleurs... — Ve peurmeus bien des poines ,
Dit Fanchon ; mà Voisin , je r'cieurà vat boquet
Sans conséquence , au moins , ve n'éreus rien po ç'let.
Elle éprache en riant , lo prend , pèt d'su let hâye :
Pèt d'su let hâye ausstoû let vlèt qu'à rembréciâye :
L'en à tote hontouse ; et , com s'on l'évin vu ,
Elle corre cheu zous rewatier dans l'melu
Si n'eme , en l'embréciant , déranget set cornette.

Mà sot quieur à blessié, l'à ravouse, inquiete,
Elle voureut déjet que sot bel aimoroux
Chercheusse vitement d'awouet lo han cheu zous.
Sot désir à rempli. Sot peire et dous ovrires
Attint dso les pétraux que hawelin zous grondbires :
Marice và dlé zous, n'fayant sanant de rien ;
Les boins jos, lo bé tems ecmancent l'entretien ;
Épu ç'à les bés blieds, épu vlèt les novelles,
Vlèt let guerre, et Marice en còmpte dès marveilles ;
I pâle évà tant d'fu, que Chan en à chermé.
Mon émin, li dit-i, vien mo veure cheu mé ;
Çolet me fret pliagi ; dà jantoû, su let brune,
Venan tôt uniment po panrè let fourtune.
Te n'éréme in grand r'pet, met fome et in jambon
Que n'âme icà menget, je li ferans rajon.
J'à don boin vin d'Osreux que j'à sayet Dieumanche :
Ginon n'eme volu que j'y matteuse ein anche ;
Mà j'l'y mettrà por té. L'eccepte : vlèt qu'à fà.
Chan reprend set hàwatte ; et Marice s'en-và.
I và tot com lo vent, let jouye lo transpoûte ;
On direut que l'anmor su ses aûles lo poûte.
Lo vlèt déjet que rôde atto de let mojon,
Po veure s'i sret vu de set chere Fanchon.
Lo vlèt que l'épercieut que rwateu pet let fnête :
D'in clin d'œuil et d'in signe i li'énonce let fête ;
Et d'let veure érivet, set quieur impotiant.
Ouse écuset lo slat d'ète in poù trat trouant.
I faut li perdonnet, quànd l'anmor nos toûrmente,
Let rajon n'at pu rien que set ptiate servante.

Mà vasse l'oure enfin, vlèt lo slat qu'à meussiet,
Vlèt let haite rentraïe, et l'ovreige cesset.
Dans l'instant cheu Heurlin Marice so présente :
Val Ginon bien seurprinse, et Fanchon bien trembliante ;
Mà tortot và chaingat, devant qu'Chan seû r'vénin.
Lo bon soir, dit Marice, et Medème Heurlin.
Mo r'conn'cheuve icà bien ? Je sus lo p'tiat Marice,
Qu'il y et dige ou doze ans ve houins let malice,
Et cause que j'hinsceu nas chins éprès vatt rau,
Et que je ch'teu sovant dès pierres et vatt jau..
Eh ? ç'à met qu'et sèrvi let Masse et vatt mériege :
Mon Dieu, que v'atins bèle en tortot vatt courseige,
Je crus qu'vatt inoucence y d'jeû s'*Confiteor*,
Cà je v'à vu bien brare au *Veni, Creator*:

Les làrmes, com des rupts, corins su vatt veseige ;
Et chéquin d'jeu tot haut : ç'à preuve que l'à seige.
Ma foy depeu ç'tems-lèt, ve v'éveus bien sotnin ;
Po let feille, en entrant, su mon Dieu que n'v'à prin.
Et ces mats hèrdiment lot gueillard let rembresse ,
Miraique ! i n'let fòche met, maugré set herdiesse ;
Au contrare elle en rit : on zon don bien rajon
De houiet let louange in dangeroux poijon ,
D'abord qu'elle édoucit let fome let pu rache.

Coment ! ç'à té , dit-elle ? Eh ! mon affant , éprache ?
Que j'to voyeuse in poù : r'wateux com l'à v'nin grand !
T'ateus dans tet janesse in méchant guerniment :
Mà quand let rajon vient , on chainge de condute.
L'i' et bien chis ans q't'à fieu ? L'en tet met foy beune ute ,
Dit-il : et maugré ç'let , je m'à tojo sovnin
De m'peire , de met meire , et d'Médème Heurlin.

Com l'écheveu ces mats , vlèt Chan qu'érive en hâte.
J'à trat dayet , fat-i , mo brâve Caimérade ;
Mà je reperrà çlet. Cet, feyeu-ne et sopet :
Com lo Voisin m'et fà l'oneur de l'ecceptet,
Distingueu-ve in tot poù , et sur-tout bonne mine.
Fanchon , en l'écoutant , rieut et let sordine.
Je v'beillrà , dit Ginon , eine aimlette au bâcon ,
Don fromeige gayin , d'let salade , in jambon ;
Vlet tortot çou q'v'éreus. Bon , dit Chan ; mà , Compeire ,
Je m'en và panre ein anche évà mo p'tiat téreire ;
Et pendant qu'i front ç'let , te vienrez po m'adiet.
Ç'ateut don vin d'Osreux qui s'en allint chierchet ;
Po torto prépéret , Fanchon autou d'set meire
Bollieut com in fouyant qu'ons ont flianquet su teire ,
D'in tot let tauille at minse , et vlet l'sopet qu'à fà ;
To peire , dit Ginon , n'à ma foy qu'in mûsà :
Corre in poù les chierchet , l'aimlette à déjet freude.
De let cave au boin vin let dégraye ateut reude ;
Fanchon , en let d'chandant , so là cheure au mitant :
Po let r'leuvet tot d'chute érive sot Galant.
I let r'leuve en effet , mà lo droule en profite ,
In bagiet su set boche at hépé tot auss'vîte.
Ah ? dit-i , je v'édore : et pu haussant lo ton ,
Ve v'éveus fà don mau , Méd'moinzelle Fanchon ?
Mé ! po ç'let niant , dit-elle , et ç'à tot au contrare.
Mà je n'boirans jémà lo vin que v'voleus trare ,

En val esse , mot peire , allans vîte sopet.
Se l'en manque , dit Chan , t'en vienret don charchet.
Lo peire prend lo vin , et le Galant let l'mire ,
I voureut que Fanchon monteusse let premire ;
Ve dev'neus bien porquet , Fanchon lo d'vene ausset ,
Et lo poûli Marice à fourcé de pesset.
Enfin les val et tauille. O , vos gens don bé monde ,
Que v'beilleus si sovent des grands r'pais et let ronde !
Heurlin eut dans lo sien les pliagis que v'charcheus ,
Et q'maugré vat ergent , jéma veu n'treuvienreus.
Heurlin lon de set tauille et chessiet vat grimesses ,
Et les meriges-let , que v'houieus politesses.
On ne rwat' met cheu lu lo premin q'sret servit ,
Chéquin prend su s'n essiette , et meinge et s'n opétit ;
Let franche liberté de let jouye à let meire.

Bientoù lo vin d'Osreux que queume dans lo weire
Enflieme lo Galant , vlèt s'n esprit qu'à monté ;
Des combaits qu'i conteut , vlèt Heurlin enchanté.
Marice lo condut de sieges en béteilles ,
Et fratte les Anglois en vudant les boteilles.
Mà quand i s'épercieut que lo bru don cainon
Dépliat et let Bacelle , et fà bâillet Ginon ,
I quitte tot d'in coû , lo ton de let trompette ;
Et so servant don çu de let douce musette
I conte de l'émor des tos divertissans ,
Où les çous q'sont mâqués , ç'à tojo les Galans.
L'et soin , dans çou qu'i dit , de méneiget les Béles ;
L'et ses rajons pot ç'let , i dit q'çà des cruêles ;
Que les Homes ne sont que zous p'tiats serviteurs ,
Que jémà zous Galans n'en ont que des rigueurs.
Ginon rit sans songet que let nutâye évance ;
Mà Chan qu'at in pou lasse et qu'et rempli set pance.
Teume lo darien weire , aussi-toû lo vlèt l'vé :
Vlèt let tauille routâye , et Marice en allé.
Chéquin et set féçon và pesset let nutaye.
Fanchon éret po some eine douce pensaye ;
Marice và songet et pliare et set Fanchon ,
Et Heurlin , com in p'ché , và renfliet dlé Ginon.

CHANT DEUXIÈME.

Lo jot n'éveume içà let pointe let pu p'tiatte,
Let çou q'fà pawe au lieuve et q'renjaît l'allouatte,
Que Marice ateut l'vé tot prâ fien d'let mojon,
Épiant lo moment de veure set Fanchon.
Po treuvet ç'moment-let l'et fà bien des pessayes.
Les coleurs de l'auróre atint déjet d'faussiayes ;
Et déjet lo slat l'vant pet ses brillans ràyons,
Feyeut bliawtet les œuils, et dàreut les peignons,
Qu'i n'l'éveume içà vue ; i s'tient com eine ambeuche.
Mà let coûne, en lâchant let f'ret venin su l'euche ; .
L'anmor et sot Galant corre en beillet l'évis,
Et po let veure et s'n âche, i s'mà tot vis-et-vis.

Elle y vient, en effet, devant q'd'ête épràtaye ;
Sot courset mointié mins, set goûrge décoichaye,
Ses bés chawes pendans causi su ses tàlons,
Et set catte de d'zos que n'vâmes et ses brawons
Let rendent et ses œuils eine faye divine.
I corre, elle lo woit, et come eine lutine
Elle chout l'euche et s'sauve en sârant ses dous mains
Su les premins gâdats où boinent les humains.

Marice tot confus, bagiant l'euche en lu d'laye,
Lo quieur pliein de dépit, et l'ame fourvayaye ;
S'en-và lon dans les champs po chessiet sot chégrin.
Mà que fà let promnade et sot quieûr trap éprin ?
I n'y woit que Fanchon, et Fanchon désébliaye ;
L'et bé montet let coûte et trefchet let crawaye ;
Cette imaige aidmirable à tojo devant lu :
I r'dechant d'vant lo Vleige, et causi dlé let cru,
Deso dous vieux poéris que font in bel ombreige
I s'essieutte ; et màtant les dous mains su sot v'seige,
I so plieint de set poîne, et dit en sopirant :
Quand veurà-je finir in si cruel toûrment ?

Trap aimable Fanchon, se je ne vos possède
J'en meurrâ, j'en su chur, i'n'y'érét point de r'mède.
Mà portant vlèt, dit-il, in bien pliet sentiment,
Je n'su don pu guerrier, je n'su don pu Sârgent !
Eine jânne Bacelle êret fà de Marice
Eine pauille moilleye, in vieudasse, in jaucrisse !
Anmor, maudit anmor ! non, t'en érez menti ;
Je s'râ tojo Marice, et je prends mot perti.
Je n'ame roubliet qu'étant et let Râchelle,
Et lougeant cheu l'Borjeu lo pu hupé d'let Velle,
J'à v'lu pliare et set fome, et que j'y'à pervenin.
Je n'ame roubliet qu'étant et Saint Qouintin,
Et l'ét çou d'in Lussier j'à beillet l'escâlade,
Et qu'aussi-toù let Bêle et bettu let chaimade.
Dans Péris, que sai-je où ? j'en à vu pu d'in cent
Que n'm'onment résistet quand j'y'alleu herdiment.
Je n'ume évu sans ç'let, let chermante Cauchoise,
Que feyeut l'inoucente, ou putoû let sournoise ;
J'l'à prm d'foûche, et portant j'à bien vu quand j'l'à prin,
Qu'i s'en falleu d'bécoû que je seus lô premin.
Mà je l's'râ pô Fanchon ; et si let jàïssance
Ne détrume en mot quieur let fliettouse espérance,
J'en f'râ met fome in jo. Eh ! que n'à-ce aujord'u !
Come i d'jeut ces mats let, érive delé lu
Set meire que li dit : je su beune enayaye ;
Te n'emes rentré sti de tote let jornaye ;
Venans du moins d'juné... Mà t'es l'ar moù ravou !
Tet bourse â-t-elle vude, ou beûne â-te émorou ?
I répond ç'à ti dous ; çolet let fà sorire.
Dans ein ausse bé fet, la Merchaute s'edmire.
Set comére l'érète éfin de li'en pâlet :
Marice les là dire, et và tot dreu d'junet.
Quant l'et menget chix yeux et vudiet zoute anguiere,
I prend, sans s'érètet, set flûte trévérsiere,
Et s'en và dans l'jerdin s'esseutet d'zo l'mirguet.
I jowe, on creut d'abord que ç'at in fllageolet :
Mà bientoû de ses sons let douçou caqueliouse
Và jusqu'et cheu Heurlin chermet son anmorouse.
En effet, l'à chermaye, et sot quieur palpitant.
Li dit qu'in s'bé rémaige à fà pet sot Galant.
Po l'ouï de pu près elle và dans l'allaye ;
Enchutte fieu de sti, maugré leye entraînaye,
Et dans l'meix don Merchaut voyant corri les gens,
Incertaine, trembliante, elle y vat et peds lents.

Let vlet qu'à dans let folle, elle s'y creut coichaye, . .
Marice l'épercieut, set flûte devient faye ;
On dirins qu'et let foys, ç'à cinquante instrumens,
I mâlle aux pu doux sons les sons les pu brillans ;
L'éco les rend tot d'chutte aux oujlions de let coûte,
Et jusqu'et dans Failly lo Zéphire les poûte.
Tandis qu'autot de lu let janesse admireu,
Et que d'jouye, en l'ouyant, let Merchaute breyeu,
I houte, i so promoéne, et là delé set meire,
Génon, Quettlon, Merguette et Guiton set comeire,
Let grand' Madlon, Gliaudine, et pu de trente affans.
Pandant qu'et let Merchaute i font zou complimens,
De crainte de Ginon, vlet Fanchon renallaye,
Marice, édreutement ; so chauille en zoute allaye,
Let treuve, prend set main, let bâge évâ transpour :
Je ne vis pu, dit-i, se je ne sai mot sour.
Aidorable Fanchon, je v'aime évâ tant d'foûrce,
Qu'en méprijant mes fûs, ve creuserins met foûçe :
De doleur et d'anmor mo lareu-ve meurit, .
Quand, d'in mat seulement, ve poleus me guérit.
Dejeus-lo, je v'en preye, en werdant lo silence,
Don pu tanre Emoroux ve lirins let sentence.
Fanchon n'y pieut pu t'nin ; set flûte et çou qu'i dit
Ont chermé po jémà, sot quieur et son esprit.
Eh bien, dit-elle, eh bien ! ve s'reu content, je v'aime !
Ma se v'allins chainjet ?... d'éte tojo lo meime,
I jeure, en l'embrassant, d'eine féçon si tanre
Qu'elle rend lo bagiet. Et comme i vieut li panre,
Çou que de lon, su l'euche, au métin l'éveut vu
Les chermes sédujans que couêche sot mochu ;
Fanchon, dans lo moment, li flianque eine empaumaye,
So déberesse, rit, et let vlet qu'à sauvaye.
Ce n'âme po long-temps, l'anmor let rétrepet,
Et devant qu'i seut nu, sen oneur s'ret hépet. •

L'anmor â pi qu'in Diale, i n'y'et rien qu'i n' séveusse,
Devant, dit lo Galant, que let haite rentreusse ;
Je vrâ deier let vaiche, en in coin mo coichet,
Pechoûne que Fanchon ne m'y pourret treuvet ;
Elle y vienret po trâre. Ah ! sourcier, te sais l'oure,
Te sais que bien sovant, ç'à let crainte ou let glioure
Qu'empêchent les Galans d'awet çou qu'i vourins,
Ve ne s'reûmes tolet ouïs, vus, ni surprins :
Te pliâ, te s'ré vinqueur évâ tant d'évanteige,
Que lo lit de Fanchon ne let r'veuret pu seige.

Ma foy, fut dit, fut fâ, l'à coichet, Fanchon vient,
Cheirché éprès let sellatte en ne songeant et rien.
Et rien, je sus mantou, l'éveut l'anmor en têite.
Au moment qu'elle alleut s'essieutet dlez let bêite,
Marice let sourprend; let vlet que jette in cri,
Ce n'ams in haut du moins, Ginon ne l'eme ouï.
Ç'a met, l'î dit Marice; auss' vîte i let rembresse.
Des brets de sot Galant elle so déberesse;
Mà come elle sauveut on trévé don bettu,
En trefchant dans don train let vlet chutte dessu.
Marice, en let chùvant, so là cheure évà leyc;
Fouyeu-ve, li dît-elle, alleu-v'z'en je v'en preye :
Se met meire alleut v'nin, qu'é qu'çat que j'devienreux :
Voleu-ve don mo péide; et mà qu'é que v'fayeux?
Teneus, tant qu'i v'pliaret, Marice, rembresseu-me :
Mà routeux vas dous mains; mon Dieu, ve n'm'écouteu-me.
Woyant que ç'à d'tot d'boin, let Bêle so défend
Tot come in vrà Drégon, pendant in p'tiat moment;
Elle flianque des coûs, elle moud, elle pince;
Mà l'à nante et let fin, elle péme, et l'à prinse.

O nut, chermante nut! depeus les chis mille ans
Que t'coiches dans tot sein les pliagis des Galans!
Non, jémà te n'é vu de tes œuils de chawattes
Des Emoroux que sint pu contens que les nattes.

Et foûche de pliagis, Fanchon reprend ses sens;
Marice redobeille et bagiers et sarmens.
Mà come i r'commencint et d'en fàre et d'en dire,
Les vlet que sont freppés de let clierté d'let l'mire;
I r'watent..., Juste Dieu! ç'ateut Médèm' Heurlin.
Marice, épovanté, so sauve su l'guernin,
Et let fine Fanchon s'épayant dlez let taiche,
Je n'sais, dit-elle,... et met, je n'sais çou qu'et let vaiche;
Elle m'et d'né d'set pette, en gueuillant come in ch'vau,
Cinq ou chix coûs dans l'vente... ah, meire, que j'y à mau!
J'let toûra, dit Ginon, let maudite béreigne.
T'é don mon mau, met feille, et l'àteu tems que j'veigne?
Te n'éveu qu'et houiet, j'éreu v'nin su l'moment.
Je n'poleu, dit Fanchon, çlet m'éveu coûpet l'vent.

Heurlin vient, on li conte; i saute su let fenne,
Et s'en beille et let vaiche anch' qu'et tant qu'i l'eprenne.
V'en rieux, et portant let beite n'en pieût mà.

Dans let cujenne enfin, let fémille s'en và.
Perneus, Ginon, dit Chan, let besnure bien chaude,
Je mattrâ dans don vin, don seuc et d'let meuscaude ;
J'en f'râ boére et Fanchon pendant qu'y'épratteus s'lit ;
Çolet let guériret... Mon Dieu, çou qu'ç'à d'l'esprit !
Eine Oulîle âteû prinse ; in pou mieux qu'et let vaiche,
Heurlin li'éreut, su l'champ, fà rembressiet let taiche.
Et vos, Lecteurs, et vos, se v'éveu des affans,
Ne les creyeus jémà quand l'éront des Galans.
Don mensonge et de l'anmor, l'éternelle alliance
Défend les Anmoroux contre let sourveillance :
Je poureus lo preuvet, se j'voleus v'endreumin ;
Mà je sus lasse, et d'main, je r'veurans chan Heurlin.

CHANT TROISIÈME.

Ve créyeux que j'm'en vâ, contant des béguetelles,
De Marice au guernin vos beilliet des novelles,
Vos dire si Fanchon et beune ou mau dreumin,
Et se l'agrou Galant et étu lo premin :
Non frâ. Ve poleux bien, sans vos follet let mice,
Don guernin, come in fchoû, fâre sourtir Maricé,
Et veure que Fanchon éveut woirdet por lu,
Çou qu'et quinze ans,... faut-i vos matte lo nez d'ssus?
Pendant in mois éprès let sourprise maudite,
Où de Ginon let vaiche et payet let visite ;
Nas Amans, tos les jos, dans différens endreus,
So treuvins, so rendins pu contens que des Reûs :
Péchoûne n'on s'éveut, lo mystère et l'édrasse,
Couéchint zou rendez-vous de let nut let pu passe ;
Çolet rend les pliagis pu piquans et pu doux.
Au pu haut don bonheur, enfin l'âtint ti dous,
Quand Jacquin, lo Cosson, dans lo fond de set hatte,
Répoute, po Marice, eine maudite latte :
Ç'ateut de s'Capitaine. Il y'éveut : « Mo Sargent,
« I faut, sans pu dâyet, rev'nin au Régiment :
« Po lo trente don mois, rendeu-ve et Caën en France,
« Sinon ve s'reus porchu po désobéissance. »

Se v'éveus jémà vu l'âr triste et consterné
D'in Jouif quant l'et peurdu l'ergent que l'et pretté,
V'éveus vu, tot au pu, let mointié d'let r'ssannánce
De Marice en lijant let cruéle ourdonnance.
Énonciet sot départ et set cheire Fauchon,
Ç'â li beilliet, dans l'quieur, in grand coû d'espadron.
Li f'ret-i ses édieux? pert'ret-i sans li dire?
I ne sait coment fâre, i soffe lo mertyre.
Qué peru qu'i peurneusse, i sont duches ti dous.
I sourte, et per malheur Fanchon à d'vant cheus zous :
Su sot veseige bliave elle lit let novelle.

Let vlet chutte en foyblesse ; i corre , i let répelle ,
En l'y j'tant d'l'awe au nez ? Non, ç'at en l'embrassant :
Ah ! dit-elle d'in ton tanre, doux et meurant :
Ve perteux... po jémà, me vâle ébandonnàye,
Et je creus que... Mon Dieu !.. je d'marre embéressàye.
Marice , j'en érà let honte et lo malheur ;
Çà d'peu cinq ou chis jos, j'à senti des maux d'quieur.

  Et ces mats sot bé v'seige à tot trempé de lârmes ;
Marice , en pertégeant ses plieurs et ses alârmes,
Rend tos les Sains tamoins des sarmens qu'i li fà ;
Let quitte en sanglieutant, prend sot sàique et s'en vâ.

  V'éveus, sans doute, oui let tanre Tourterelle
So pliaindre dans les boûs de let peîte cruelle
De sot chier Tortereau qu'in Chessou li'et révi :
Ce n'à rien. Répelleux torto çou q'v'éyeus li
Dans les lives tochaus que v'ont sovant fà brare ,
Torto çou que let teire et vu de pù barbare : ·
Ce n'à rien. En enfé rewateux lo démon,
Set chaudire , sot fu, set forche , sot freuglion,
Et v'éreux devant vos lo pourtrà véritable
Des regrets de Fanchon et don mau que l'aicable ;
Mau d'autant pu cujant, qu'i falleu lo coujiet,
Et qu'en dejant set poîne , on pieût let soléget.

  Il y'et dous boins Méd'cins po guérit let sociance,
Lo premin ç'à lo tems, l'aute ç'à l'espérance.
Cit-cet vient d'lé Fanchon, cailmet pet set douceur,
Ses larmes, ses regrets, et set vive doleur.
Console-to, li dit l'espérance fliettouse ;
Se t'à... eh bien ! ç'à l'sour d'eine fome émorouse :
Pet cet eccident-lèt, se l'oneur à d'ranget,
Lo mériege, in jo, pieut tortot répéret.

  Co discour at in baûm , et Fanchon consolàye
De gayins et de creime épratte eine hattàye,
Efin de corre et Metz, paix so prétexte édreût,
Que l'aimor li fà panre, en secret elle creût
Qu'elle y treuv'ret Marice... Espérance inutile !
L'âteut, po slat meussant, déjet bien lon d'let Ville ;
Mà l'éveut dépoûsiet, dans lo sein d'ein émin,
Les secrets de sot quieur : ç'àteut Calas Freumin.

Fanchon, sans s'infourmet se set hatte à pésante,

Com in Draïgon et Metz érive et poûte ovrante.
D'in het l'à su let pliéce, et-d'in mât, vlèt qu'à fà,
Elle vend et tot prix ; et set hattàye en và.
Let vlèt libre, et tot d'chutte ; elle poûte sei hatte
Au bout don Pont-Cheilly, cheu l'Ouliere Manjatte,
Et corre au Pont des Moûs, cheu Malat, Caiberti ;
Elle séret tolèt, se Marice à perti.
Malat à sot cosin ; mà ç'à poîne perdàue,
Calas Freumin let treuve au haut de Fornirâue,
Let condut dezo l'clotte, on pu secret des coins,
Et com in brave émin, li conte sans tamoins·
Tortot çou que por laye i saiveut de let vaille.

Ve pâleux, dit Fanchon, tot com eine mervaille ;
Comant répourt et mé, Marice v'écriret,
Et d'vant let Saint-Martin, ve creyeux qu'i r'vienret ?
Qu'i m's'ret tojo fidèle, et que sans méfiance
Je pieux, su set pérâlle, étande évà constance ?
Ve l'poleux, dit Freumin, et j'en sus caution ;
Mà je deûs li mandet si set chere Fanchon
N'âme… let… v'ouyeux beûne… et lo valle et sorire.
Lo méchant ! dit Fanchon, fâleut-il tortot dire ?
Ç'at in grand imprudent. Fanchon, répond Freumin,
Ayeux confiance en mé, je ne sume in caquin ;
Je v'woirdrâ lo secret, et pu ce n'âme in crime,
Ç'let n'vo roût'met soulment, in polat de m'n'estime ;
Et se je v'éveus fà çou qu'v'et fà mon émin,
Je s'reu, ma foi, bien lon d'en awet dont chégrin :
Ainsi d'mareux tranquille austant que v'âteux bêle,
Et ve pleûx v'échuriet qu'et let moindre novèlé,
Je v'charchrâ po v'let dire évà bien don pliagi.
J'y consens, dit Fanchon, si ç'at et vat lugi :
Je n'voureûme, in moment, vos d'ranget d'vat ovreige,
Je s'râ, tos les vanrdis, sut les pliéce au lateige ;
Ve pourreux m'y trouvet ; Édù Calas Freumin.
Let Bêle, éprès ces mats, s'en retonne et Vremin.

Les rajons de Freumin, et set condute honnête,
L'érint minse tranquille austant qu'on sérint l'été,
Sans ses maudits maux d'quieur, qui, lon de s'en allet,
Tojo, de pus en pus, venint let désalet.
I s'en vont et let fin, mà set teille d'vient pâsse,
Elle n'à pu fringante en allant et let Mâsse ;
L'et portant lo secret de s'éranget si bien,

En mattant sot courset, set catte, et s'vanterien,
Qu'excepté Chan Heurlin, péchoûne dans lo Vleige
N'et sévu son étet qu'in jo d'vant s'mériege ;
Mà Heurlin s'et condu com in home d'esprit.

En érivant et Caën, Marice éveut écrit
Eine latte, et let fois, désalante et sensible.
Vâce, po mes émours, lo coû lo pu terrible,
Dejeu-t-il et Freumin : torto lo Régiment
Et l'ordre de pertit dans ein emberquement.
J'allans, que sais-je ! au Diàle, en in pays sauveige,
Où n'y'et ni vin, ni pain, ni bacon, ni fromeìge ;.
Jémà te n'lo sérés, si je n'to dis d'où qu'ç'at,
On woit, en y'érivant, l'aute coté don slat ;
Et quand je pessrans d'zo, dijent mes caimérades,
Je srans, ma foy, tortus reûtis com des grillades.
Mà ce n'ame çolet que cause mot chegrin,
Ç'à de leyet si lon Med'moinzelle Heurlin.
Mon émin, couèche-li met cruelle évanture,
L'en penreut in chégrin que poureu let détrure ;
Et s'elle et, dans nieu mois, ein affant d'met féçon,
Prends-lo, mon bon émin, sous tet protection ;
Et po r'péret met faute et consolet let meìre,
Te devreux l'épouset, en d'jant qu'çà té qu'à l'peire.

Freumin ne sême trà s'in pérail compliment
Ne s'reume eine mâcqreye au-lieu d'in sentiment.
Ein aute s'en fôchreut, mà lu n'en à wà pratte,
I couëche dans sot quieur çou que contient let latte,
Et vâ treuvet Fanchon com i li'éveut promin ;
Et bien-lon d'li contet çou qu'et mandet s'n'émin,
I li colle, en douceur, les pu belles mentrayes.

Sovant les vérités sont des enfernagiàyes
Que viennent, sans pitié, fàre meuri les gens.
Qu'elles sint, ç'à bien fà, les bourriaux des méchans !
Mà quand i s'agiret de chégrinet les Bèles,
De brouiller les émins, de fàre des querèles
Enteur les gens mériés, les voisins, les pérens,
Làyàns les vérités po les impertinens.

Pendant près de chix mois, Fanchon tojo trompaye,
Étend potiemment let chermante jornaye,
Où l'émour, et Vremin, vâ rémoynet s'Galant ;

Mà vâ-ce po so quicur in furioux moment.
In hézà vâ toffier set pu douce espérance.

Heurlin qu'at in boin drille et qu'éme let bombance,
S'en vâ tot uniment fàre let Saint-Mertin,
Cheu Monsieu l'Etôllié, Chaloûne au grand Motin ;
Ç'à sot cosin François qu'y governe let câve,
Lo mâte essez sovant ; et come ç'at in brâve,
Que l'at ëlerte, janne, et four divertissant,
De let cujenne ausset l'et lo gouvernement ;
Càr Médeme Saindru vave bien compliajante,
D'in serviteur de Dieu très-digne gouvernante,
Li là dans let cujenne entiere liberté.

Heurlin meinge, en entrant, in réche de pôté,
En vudant set boteille ; et let soppe drassiâye,
Lo val évà François po tote let jornâye.
L'en évâlent, Dieu sait ! L'en dijent, Dieu merci !
Émins, pérens, Monsieu, sont mins su lo tapis.
Lo Mâte l'Etôllié qu'à causi de nobliesse,
Et in freire et let guêrre, et que n'âme in jeanfesse ;
Ç'at in brâve, au contràre, et l'à to justement
Lo premin Capitaine où Marice à Sargent.
L'et écrit au Chaloûne eine latte en novelle,
Que vient de... ç'at in nom que j'à dans let cervelle,
Et que j'n'en pieux rawet ; mà lo nom n'y fà rien.
L'Officier, dans set latte, érengeut essez bien
Les combets qu'l'ont beillés et sot'nins su let route :
François let lit to haut, et Chan Heurlin l'écoute.
Il y'et, dans ein endreû, que Marice à blessié,
Et qu'en mita chémin ço brave à deléié,
Dans eine Isle essez ptiate. Et ces mats Chan Heurlin,
En choûant ses dous œuils énonce sot chégrin.
« Lo poure nat, fât-i : ah, que je lo regrette !
« L'éret, dans lo combet, com in trà d'erbélette,
« Coru su les Anglois ; et d'in coû d'esponton
« I l'i'éront creuvé l'vente en lo j'tant su s'creupion.
« I m'en fà mou mautant ; quand nas gens vont l'épanre
« L'éront auss'tant d'chégrin que les siens en vont panre. »

Mà, Maugré ces regrets, en bovant don boin vin,
Chan, jusqu'au lendemain, tient têite et sot cosin ;
Et pu lo lendemain, on premin coû d'let Màsse,
I s'en r'tonne en jambliant, et let langue in poû pàsse.

Quand l'érive et Vremin, Nônne veneû de s'né ,
Et set feille et Ginon l'étendint po d'j'ûné.
I d'jûne en récontant ses pliagis de let vaille :
Tant qu'i pâle don r'pet , çolet vat et mervaille ;
Mà don fet don Merchaut i conte imprudâment
Lo départ , let blessiure , et son emberquement.
Fanchon, en l'écoutant, pu bliâve qu'in couêrome ,
Ne li réponme in mat ; tant lo chégrin l'ésome.
Quoi ! Marice à perti, l'à su meir et blessié !
So dit-elle, et Frenmin et tréhi l'émitié !
Elle vieut s'en allet po couêchet set détresse ;
Mà, dès lo premin pet , let vlèt chute en foiblesse :
Heurlin , épovanté , let poûte su so lit ,
Let rehoûie et let veye , et charche en son esprit
Çou qu'et pu li caûset eine têle épovante.
Qu'et-q't'é, dit-i, met feille ; ah ! t'âs causi meurante ,
Di-me çou qu'i faut fâre , et tot d'chute j'on frâ.
Frâmeu l'euche , dit-elle , et pu je v'on dirâ.

   Au desir de Fanchon , l'euche à framé bien vîte.
Dans sés brès qu'elle tend , Heurlin so précipite.
Ah , peire ! li dit-elle , en lo sârant dle s'sein ,
De mes jos malaouroux , ç'at énu lo darien :
Ve n'éveux qu'ein affant, et v'âlleux lo maudire ;
Marice m'et surprin ; je sus… je n'lo pieux dire :
J'à fâ faute , mo peire , évà l'fet don Merchaut.
Heurlin , et ces mats-lèt , cheut causiment de s'haut ;
Mà, rev'nant, su l'moment, de set surprise extreime ;
Mon affant , li dit-i , te sé combeûn je t'eime.
Se t'é fâ faute , eh bien ! en pourront en r'venin ,
I ne faume , po ç'let , panre in si grand chégrin.
Te n'âmes, per ma foy, let premire bâcelle.
Se péchoûne n'on sé , ce n'à que bégaitelle ;
Je frâ tortot por té , l'ergent ne m'cotret rien ,
Et se j'n'en âme essez, j'vandrâ pu toû don bien.

   Mot peire , dit Fanchon , v'âteus lo Reû des peires :
Lon de mâlet lo r'prache et mes larmes émeires ,
Ve v'leux, po m'soléget, depénet vat ergent ;
Mot peire, mot cher peire , in pérail sentiment ,
Po v'émet, v'édoriet, mo rèpelle et let veye ,
Reveneus dans mes brès , mot peire , je v'en preye.
I s'y r'jette, et zous plieurs so mâllent tendrement.
Que let néture à bèle en in pérail moment !

Éprès ço moment-lèt, Heurlin chouant ses lârmes,
Et Fanchon, causiment, vâ roùtet les alâmes.
Dans son Isle, dit-i, layans l'fet don Merchaut,
J'to mereyrâ sans li, je connâs in nigaud
Que panret, sans l'sawet, tortot let fricaissaye,
Et te s'rez, j'en sus chure, içà mieux rencontrâye :
Mot nigaud â boin diâle, y f'ret to vrâ boneur,
Beite sans volonté, et somins sans umeur ;
T'érez tojo rajon, et, s'i faut tortot dire,
Te serez let mâtrasse : (i let fâ ma foy rire.)
Prans coreige, met feille, et j'en vienrans et bout ;
Mâ chessans lo chégrin, et don secret sur-tout.
Fâ tojo com t'é fâ, sans pâlet ni sans brâre,
Ne dis rien et Ginon : lo réche à mon effâre.

Ve ne séveus porquet, pendant qu'i so pâlint,
Let meire n'ème entré dans let chambe où q'l'âtint ;
Ç'à que pendant ç'tems-lèt, Guitton que voleux cure,
Éveut v'nin li d'mandet sot l'vain et set fonnure,
Qu'elles évint pâlé de let fome et Beutmin,
Que vat in pou sovant cheu Monsieu de Vrémin,
Et qu'eine fome, enfin, ne pieut en conscience,
Po secori s'n'affant, quittet let médisance.

CHANT QUATRIÈME.

Lo bien n'à bien qu'austant qu'on saine en fâre useige,
Lo pu p'tiat patrimoine enteur les mains d'in seige,
Suffit po l'entret'nin, et meime ses affans ;
Tandis que les trouans, les sats, les négligeans,
Fondent, come don plion, lo pu riche hériteige.
Beilliet et gens pérails eine fome de m'neige,
Que so rend let mâtrasse et condut lo tréyin,
Eine fome, en in mat, com let Fanchon Heurlin,
Ç'à lou fâre in présent de si grande impoûrtance,
Qu'i n'lo sérint payet de trâ de compliageance :
Du moins de Chan Heurlin tels sont les sentimens.

Lo Poûaré de Vany, vâf depeû quouêtoure ans,
Laboreut en haichroux cent bés jornaux de teire,
Que l'éveut hérilié de Chan Poûaré, sot peire.
Chalat Poûaré, sot fet, et son unique affant,
Ateut in grand Dadet, imbécille et trouant,
Que n'polet fâre in pet sans r'héchet set cueullatte.
Rossiaux com in Ossreux ou don poil de caratte,
Et si bête qu'enfin, Heurlin lo choisisseut
En pliece don Sargent que set feille breyeut.

Les Aiyans éprâchint ; et po cette ailiance,
Étende jusqu'aux Reux, ç'âteut eine imprudence.
Ausset dâ lo Dieumanche, éprès let Saint-Mertin,
Heurlin corre et Vany, cheu lo janne Aubeurtin ;
Caiberti compliajant, cheu qui les gens don Vleige
Feyint, tos les jos d'feite, in terrible tépaige,
En bâillant com des Vés, en jouant, en bovant.
Heurlin qui, dans Vany, pesse po boin vivant,
A r'çu com in émin des çous que sont ô boeire ;
Ç'a et qui lo promin li présent'ret sot weire,
I s'essieutte et let tauillet, et lo val et coté
De s'cosin let Cornâye et de Gliaudat Poûaré.

Ét ot vis-et-vis d'zôus, lo grand Poil de caratte,
Lo fét de Chan Maugras, et lo Joson Wibratte.

Éprès bien des sâlés et des pâsses rajons,
I pâlent des anmors de tortot les guéchons.
Cit-cet deut époset let fringante Babiche :
Ein autt, ç'à Francillatte, et cit-lèt ç'à Tontiche.
Chéquin min su l'tépis, lo rusé Chan Heurlin
Les émoine et pâlet des Bêles de Vrémin ;
Mà come i vanteut trâ let Guiton don Werhaye ;
Ç'à cheu vos, cosin Chan, dit Pierrat let Cornaye,
Qu'il y'et eine Mégnieye et pliâre et tot chéquin.
Let cosenne Fanchon ! Je gaige dous pats d'vin,
Qu'en France on aireut poine et treuvet set péraille :
Jarnibieu, mes émins, ç'à cet-lèt que renvaille.
« Cosin, li répond Chan, qu'elle seu bêle ou non,
« Ce n'âme pet tolet que j'estime Fanchon.
« Met feille at, en to tems, diligente et m'négire ;
« I n'y'éme en let Péroisse eine péraille ovrire ;
« Depeu pu de dige ans lo jo ne l'ém' vu l'vet,
« Et nat ovreige à fâ quan j'songe et m'renvaillet.
« Quan j'dis q'l'oveige à fâ, ç'à perfâ qu'i faut-dire :
« Cà quan lo jo pérait, et qu'l'et tindu let l'mire,
« L'étain, come in ergent, brille su lo drassu ;
« Nat ômâre à pu cliair que lo pu fin melu,
« Jémà n'y'et dans let chambe airanteules ni mêtes ;
« Évà tant d'propreté l'écomeude nas bêtes ;
« Que d'jo dans let jeuilnire, on ne treuvreu me in tron,
« Et q'les ieux recueilles sont pu blians qu'ein obçon :
« Com su let tauille enfin, d'vant let veche i fâ proppe,
« Et dans l'auge des pchés les gens menjrint let soppe.
« Mà se v'évins sâyet de let çou qu'elle fâ !
« Évat ie pû d'bacon l'à m'liou qu'évà d'let châ ;
« Et quan, de set féçon, j'à de let fricaissâye,
« Et fouche de r'lachet, mon essiette è r'lévâye.
« Mà pâlaus don lateige. Ah ! mordieu, ç'à tolet,
« Que de d'gatet chéquin, l'et treuvé lo secret.
« Et, maugré lo fouraige, et maugré let jallâye,
« Set crême â, dans l'uver, douce com au mois d'Mâye.
« Ausset des boins merchans l'et tojo les preumins,
« Ç'à, d'in quart-d'oure au moins, i sannent ses gayins.

« Les mésouéges que sont deier let Citôdelle,
« Les çous don Pontieufreud, les çous don Champ et Seille,

« Ne sont me mieux tourchés que lo sont nas jédins ;
« Des légumes, des fruits, ç'à por nos les preumins.
« Aux soins de met Fanchon je d'vans ces évanteiges,
« L'at ébile et sévante en tortos les ovreiges.
« Rewateux met cheminche, a-t-elle bèle ou non?
« Eh bien ! v'let mes émins, let teulle de Fanchon.
« Se j'voleus let mériet... mà je n'en sus wà pratte ;
« Déjèt cinq ou chix fois j'à beillet let caissatte ;
« Je n'let pliessrâ jémà que dans eine môjon,
« Où n'y'éret tot au pu que lo peire et l'guéchon.
« Met Bâcelle à si bèle, elle pliâ tant aux homes,
« Qu'elle s'reût malagrouse où qu'il y'éreût des fomes :
« Meire, bru, bèles-sieus, érint lo quieur jaloux,
« L'enveye les rendreût pi que des loups-gairoux ;
« Et, maugré ses vertus, Fanchon persécutâye,
« Demandreût d'ête moûte, ou bien demériâye ;
« Les chégrins et les maux li vienrint pet troppés.
« Tandis qu'en in meneige où n'y'éret q'des chaipés,
« Fanchon, tojo fêtâye, et tojo let mâtrasse,
« Surpess'ret en pliagis let pu grousse mârasse ;
« Ç'at en let, mes émins, que je vieux let pliessiet.   .

— Per ma foy, cosin Chan, vât effare à tosset,
Li dit, d'in ton pliageant, lo jaioux let Cornâye,
Et chéquin, j'en sus chure, épreuvet met pensâye.
Val et coté de vos lo compeire Poûaré,
Qu'et chanté po set fome in boin *Dies iræ;*
Et sot fet qu'à tolet, Fanchon convienreut beune,
I n'ont ni sieus ni bru, ni meire, ni coseine,
Je creu meime qu'i n'ont que des tot p'tiats pérants ;
Et, je l'dis devant zous, com ç'à dous grands trouants,
Po conservet zous biens i lou faut eine fome,
Que seut com let coseine ; et ve n'ateu me ein home
Et les mériet sans biens. Alons, mâte Cliaudat,
J'let demande por vos... — « Coment, cosin Pierrat,
« Dit vivement Heurlin ! qu'é diâle vos comande
« De fârc, au nom d'ein ante, eine têle demande ?
« Je creus, cosin Pierrat, que te m'vieux bédinet. »
Gliaudat Poûaré creyant que Chan vieut so fochet,
Li présente et Chaquet ; et, d'ein âr in poû beite,
I me vient, dit-i, Chan, in dessein dans let teite,
Et Pierrat let Cornâye et ma foy bien rajon,
Vatte feille, en tos points, convient et mot guéchon ;
Ce s'reut d'l'oneur et nos se v'l'exceptins po genre,

Mâ l'â s'peut que jémâ Fanchon n'on vouret panre.
« Let peutraye n'â rien, li répond Chan Heurlin,
« Et çou qu'en bédinant propoûse lo cosin,
« N'â qu'ein oneur por mé se v'éproveux let chouse;
« Vos séveux cependant qu'in guéchon qu'on propouse,
« Deut s'évanciet lu-meime, et veure s'i pliaret;
« Chéque chouse et so temps, et que vecret veuret. »

Let Cornâye, et ces mats, woyant qu'in bédineige
Pieut produre, et let fin, in four boin mériege,
Aleut ençà pâlet, quan lo prudent Heurlin
Pense en lu que l'â tems de perti po Vremin,
I s'leuve, prend congé de tote let chambrâye,
Et sourt écompeignié de Pierrat let Cornâye.
« Cosin, li fâ Pierrat, aussi-toû qu'i sont fieux,
« Po mériet Fanchon qu'é q'ç'à don que te vieux;
« Se lo Galant â peut, se l'â rossiaux et beite,
« Eh, mordieu! po payet let coleur de set teite,
« L'et po vingt mil frans d'biens, s'entend sot peire et lu. »
— Ç'â bécou, fâ Heurlin; que ne l'a-e, saivu!...
Treuviehreu-te in mayen de r'comanciet l'effare?
— Coment let recmanciet? vieu-te mo leyet fâre,
Dit Pierrat; et dà d'main, je su dans tet môjon,
Evà les dous Poûarés po demandet Fanchon.
Se tai Fome y consent, ou beun se tâ lo mâte,
Te pieux comptet let d'ssus; ç'at eine chouse fâte.
— Alons, je t'étendrâ, dit lo ruset Heurlin;
Et demain let Cornâye. — Et demain mot cosin.
I so quittent. Pierrat rejoint set compeigueye:
Les vlet com de pu bèle et pâlet d'let mégnieye.
Chéquin dit au Poûaré que s'i pieut l'époset,
Ce s'ret in gran bonheur, et qu'i n'pieut mieux treuvet.
Gliaudat dit et sot fet: vieu-te que j'let d'mandeusse?
Lo Rossiaux in moment demarre tot réusse,
Sot v'seige évà set teite et let même coleur,
Po let premire vaye i sent bette sot quieur,
L'anmor li fâ tot d'chutte, en chôliant dans ses wênes,
Desiriet les pliagis que causent tant de poênes;
L'en pérait in moment et moins beite et moins peut,
Et meime set cueullatte en teint déjèt bien bieux,
Peire, come i v'pliaret, dit-i; je le vieux beune:
De Pierrat bien vlanti j'éposrâ let coseine.
— Bien v'lanti, dit Pierrat, féyant lo renchéri,
Te n'âmes dégoté; que n'en atte chéri,

Devant qu'i seut treu jos je finireus l'effare,
I n'y'éreut mi pérent, ni Queuré, ni Natare,
Que pourint de Heurlin chenget let volonté,
Quau je l'y direus, Chan, eccepte lo Poûaré ;
Et quoi qu'je n'seûs cosin que don coté d'met meire,
I m'éme côm in freire, et mo creut com in peire,
Et set fome et por mé les meimes sentimens.
Eh bien ! li dit Glïaudat, san tant de complimens,
Demain jusqu'et cheu zous voleu-ve nos condure ;
Se mot fet lou convient tot d'chutte i faut conclure.
Let Cornaye y consent. Lo londemin métin,
En hébits de Dieumanche i s'en vont et Vrémin.

Heurlin pliein de l'espoir que li'et d'né let Cornaye,
S'et occupet causi let mointié d'let nutaye,
Et prévenin let d'ssus et set feille, et Ginon :
Let tot d'chutte évu l'aiveu de set Fanchon,
Let chouse n'eime étu se vitte évà set fome,
Ç'à po let dessidet de rçicure in si peut home,
Je creus que sans rien fare in Saint l'éreut preuchet.
Ç'à pet les cent jornaux que Heurlin l'et tochet.
En songeant que ç'ateut eine bonne moïtrasse,
Et qu'in bé jo set feille en sereut let matrasse
Ginon et consenti : lo bien et tant d'étraits.
Heurlin ateut content et set feille et pou près :
Elle espèreu d'alet dans in riche meneige,
Tandis que s'on saivint qu'elle n'éme étu seige,
Péchoûne n'en voureut. Set groussesse évanceut,
Marice ateut perdu. Qu'et qu'elle devienreut ?
En exaiminant tot let poûre natte pense
Qu'elle et dans sot mâleur enca bien de let chance.

Vâ-ce les dous Poûarés et zout ambessadeur.
Let Cornaye en entrant d'en air de bonne humeur,
Embresse en boin pérent premirement let meire,
Enchutte let bacelle, et pu pâlant au peire,
V'let, dit-i, les Poûarés que j'viens vos présentet.
Heurlin honeitement lou dit de s'essieutet,
S'en vâ trare don vin, et fâ rinciet des wéres,
Fanchon vâ lou cherchet don fromeige et des poéres.

Chequin so mat et taûille ; au bou d'in ptiat moment,
Let Cornaye et Ginon édrasse in compliment.
« Sara, dit-i, Cosenne, en sot longe meneige

« N'eme évà vatt mérite évu vatt évanteige ;
« L'éveut bèl aimet s'n'home et l'éprachet sovant ,
« N'ayant pu maugré çlet procreiet ein affant ,
« L'et fallu qu'set deumjalle en fayeusse por laye ;
« Et vos tot au contrare en fouyant let droulraye ,
« V'éveus treuvet su l'chan, çou que Sara chercheut.
« Mà portant et let fin côm lo Seigneur l'émeut ,
« L'et permins qu'et cent ans Sara deveigne meire ,
« De l'affant de miraique Abraham ateut peire.

« In bé jot, lo boin Dieu que voleut l'épreuvet ,
« Et v'nin li comendet de lo saicrifiet ,
« De son affant chéri, l'aleut coupet let teite ,
« Quan l'Ange don Seigneur que n'ateume eine beite ,
« Et retenint lo cou en li haipant let main ;
« De Dieu, come Abraham , écouteus lo dessein.
« Évà permission dont Saint Patron don Vleige ,
« Je viens vo demandet Fanchon en meriege ,
« Po l'unique guéchon don Compeire Poûaré ,
« Po Chalat qu'à d'lé vos : lo galant n'âme bé ,
« Mà l'à riche, honeite home , et ç'à çlet que j'm'en mâlle ;
« Alons, Cosenne, alons ; eine bonne péralle. »
J'y consens de boin quieur, li dit-elle en brayant ;
Gliaudat , Chalat , fat-i , leveu-ve dans l'instant,
Et présenteus let main en seigne d'ailiance.
Ginon recieut zous mains , et Chan Heurlin s'évance ,
Les recieut et sot tô , et dit come Ginon ;
L'évint b'san po finir de l'oiveu de Fanchon.
Let Cornaye que vient de réfrachir set langue ,
Po let déterminet li fà cette hérangue :

« Lo mériege à saint, Cosenne , et de tot tems
« Lo Ciel et prepéré lo çou de ses affants ,
« Ç'à po çlet que sovent eine bacelle honneite
« N'épouse met lo çou que li'et torné let teite.
« Ve n'âteu-me en ç'cais-let ; si jémà lo démon
« Eût chofflié dans vatt quieur in fu de set féçon ,
« V'érins pet let priere et let grande ebstinence ,
« D'in fu si dangeroux cailmé let violence ;
« Et de Chalat Poûaré se v'exauceus les vœux ,
« L'à chûr en v'éposant de panre in quieur to nieux ;
« V'érins de vatte coté lo rare privileige
« De treuvet dans vat home in pérail évanteige ;
« Au nom de Saint François , dejeus vas sentimens. »

Je n'vrame, dit Fanchon, dédire mes pérens.
Son aiveu renjaît tote let compeignieye.
Et Chalat en trembliant rembresse let megnieye.

Ginon, dit Chan Heurlin, éprateu-ne et d'junct,
Ç'at aujord'u lo cas de nos bien régalet;
Envayeux in ptiat droûle éverû lo Werhaye
De v'nin et let môjon su let fin d'let jonaye,
Po pesset lo contret, et nos tot en bovant
J'allans conv'nin des biens, des meubles, de l'ergent
Que chéquin d'nos beill'ret et set progéniture,
Et reglet les joyaux et les dreus de let future.

Heurlin, li dit Gliaudat, mot quieur â su met main,
Je s'râ tojo le meîme aujord'u com demain ;
Let Cornaye et d'l'esprit austant que les Natares,
Beillant li lo pouvoir de régler nas affares :
Je m'en répoûte et lu, voleu-ve en fâre austant ;
Per ma foy, fât Heurlin, je su d'vatt sentiment ;
Bovans, Cosin Pierrat, et réchéuveu l'ovreige.

Let Cornaye, évaleut in moché de fromeige,
Po vitement lou r'ponde i s'et causi toffié,
Et sans in grand trâ d'vin l'ateut ma foy tranlié.

« Je su flietté, dit-i, de vatte confiance
« Et je vâ v'éranget ti dous en conscience.
« I faut premirement qu'et Chalat sot guéchon
« Gliaudat dans lo contret feyeusse l'ébandon
« De tortos seś biens fonds, meubles, treyins, meneige,
« Et let condition que Chalat s'ret bien seige,
« Et que... » — Comant, li dit l'impotient Gliaudat,
Compeire, de mes biens t'âs dialement peuillat :
Je vreux su mes vieux jos mo matte en l'indigence.
— « Mà, répond let Cornaye, in poû de potience,
« J'â po d'mandet let chouse eine bonne rajon ;
« Com tot fet to werdret tojo dans let môjon,
« Te veureux tots les jos set hèle jaïssance,
« De set fome por lu, l'aumor let compliajance ;
« Lo sovni don vieux tems, l'imaige don pliaigi
« Pourrint bien renvailliet tot quieur fliage et hési,
« Et t'inspiret bientôu let satte fantagieye
« De paure ausset po fome eine janne megnieye,
« En conservant tes biens te poûrreux let treuvet,

« Et j'érins lo chégrin de t'veure remériet ;
« Et pu dà que ton s'reus peire, fet, bru maràte,
« Chéquin dans let môjon voureut eite lo mâte,
« Ve ve sépérerins, tet fome en t'endreumant
« T'épagncreus lo soin de li fare ein affant.
« In janne Grand Valat fereut por té l'ovreige,
« Et te s'reus let risàye et let fliove don Vleige :
« T'en creuvreus de chégrin ; et pu des ptiats larrons
« S'en vienrint dans tes biens panre zous pourtions.
« Ce s'reut, po met cosenne, eine four bonne évance,
« Et je li'éreus fâ fàre eine béle ailiance.
« Po t'épagnet des maux, po conservet tot bien
« T'en ferez l'ébandon, ç'à lo meillou mayen.
« Mâ, mon émin Gliaudat, te n'on feré-me en beîte,
« Efin d'éte tojo iratiet com te dens l'eite ;
« I s'ret dit qui t'payeret de chix mois en chix mois,
« Po lo prix de tes biens dous cent bés frans tornois ;
« Eh, mordieu ! ç'à enlet, Compeire, qu'on s'érange. »
    — Ma foy, li fâ Gliaudat, t'é pâlet com ein ange ;
V'let met main, j'y consens ; su ç'let com ve penseux,
Chéquin boit d'in grand quieur in trât de vin d'Osreux.

    « Cosin Chan, dit Pierrat, mo vasse et vatte effare,
« Ve woyeux po sot fet çou que Gliaudat vâ fàre ;
« Eh bien ! et vatte feille, évâ sot ptiat beutin
« Ve beilreux treus mille frans » — coment, li dit Heurlin,
Treus mille frans contans ! si ç'âteut en biens, pesse.
— « Allons, reprand Pierrat, ne fâme le jeanfesse,
« T'en é pu d'let mointiet, la reche so treuvret.
« Mâ sans ç'let te veurez tot genre so rûnet ;
« I seret dans dous ans lo pu manre don Vleige,
« S'i n'poleux renovlet sot trayin d'laboreige.
« L'ont des chevaux dalants qu'ont poîne et p'tet zous fés,
« Let grige, lo houza, lo blian, les dous varnés,
« Enfin jusqu'au ronssin sont teilement hérattés,
« Que les Cossons d'Cheuby les potrint su zous hattes ;
« Lo reche at et l'év'nant. Tiens, Cosin, l'ont dous chés
« Que n'ont pu ni jaljons, ni pirches, ni feusés ;
« Zous hirpes sont sans dents, zous chérates sans sâque ;
« Zous hernets sont si peus que tot chéquin s'en mâque.
« Coites chaudrons breulés, neurs come des crémaux,
« Compousent let vaichelle évâ cinq ou chix gros ;
« L'ont don linge !... ma foy ce n'à que des frépauilles.
« Creureutes qu'en tot tems l'ont chix jos po chix pauilles ;
« Zous vaiches n'ont q'let pé, et cheus zous in cachon

‹ N'étan-me po creuvet que l'aye lo seuyon ,
‹ I creuve de let faim. Dans let mointie d'zous champs ,
‹ Les ronches pet les pieds airétent les pessans.
‹ Zous blieds sont tojo pliains de cherdons, de truattes,
‹ Et zous prés de rabieux, de mosse , de vaichattes ;
‹ Zous jerdins au bahou sont sovent révaigés,
‹ Et po les péteres zous arbes sont pliantés.

‹ Dans torto çou qu'j'à dit i n'y'eme eine impousture.
‹ Compeire, je sus vrà, mà ce n'ame po nure,
‹ Des maux que j'à fà veure au Cosin Chan Heurlin
‹ Ses écus s'ront lo r'mède , et Fanchon lo Méd'cin.

Ç'à çlet, dit Chan Heurlin, je consens et let chouse,
I faut fàre, ma foy, torto çou qu'i propouse,
I s'érange se bien que l'et tojo raion.
Et ces mats lo Werhaye érive et let môjon,
Chéquin s'leuve et l'instant, et fà feite au Natare,
I prend plièce ; et Pierrat li reconte l'éfàre.
Werhaye sait les loix tot com son A. B. C.
Dans les conventions quand l'et mins sot grain d'sé,
I drasse lo projet ; com i pàleut d'écrire,
On époute et d'junet. Mes émins, j'allans rire,
Dit let Cornaye; allons , Monsieu lo Tabellion
Eprateus vatt'couté po coupet lo jambon,
I faut en bien bovant lo long de let jonàye
Au tonné don Cosin beillet eine poassàye.
Ma foy, vive let jouye et les hanetes gens.
Complimens d'émitié, propous divertissans,
Rendent lo r'pais qu'i font let véritable imaige
Don fechtin que chûret. Mà déjèt dans lo Vleige
En saine qu'in Rossiaux vat époset Fanchon.
Chéquin , v'on penseus beune , en pàle et set feçon ,
Let novelle en produt eine chouse pliajante.
Il y'éveut et Vremin eine ancienne Teuchrante
Que feyeut m'ti d'allet cujnet dans les fechtins,
Et let vieille Guitton grand'meire des Beutmins
En y'allant ausset gaigneut sovant set veye.
Elles se haïssint tos les dous per enveye;
Les vlet, on meime instant, en feyant des grands hais,
Que s'en vont cheu Heurlin po li d'mandet lo r'pais.

Merguette let Teuchrante , éfin d'eite ecceptàye ,
Réconte ses fechtins de let darniere énàye,

Lo çou don Mare Etienne , et lo çou don Maillat,
Don Chéri de Noisfelle , et don Teignon Peuillat.

Ah ! pâlans de cit-lel , fâ l'aute ; je pieux dire ,
D'éprés les çous qu'y'atint , que t'â bonne cujnire ,
T'lous é fâ des raigouts si doux , si cuts , si gras
Qu'en sourtant d'tauille enfin chéquin feyeut les r'nas.
T'é menti , dit Merguette , évà t'mâton d'galoche
Que vâ joinde tot né to vis-et-vis tet boche ;
Te devreus souêt d'honte en entrant cheu les gens :
En te conache beune , et tortos tes affants.
Tot fet prin dans Wemhaut évà d'let contrebande ,
Des écrivains su meir et rugmentet let bande ;
Et tes feilles , grand Dieu ! com elles to r'sanint ,
Aux guéchous libertiens , dis çou qu'elles pretint.
Ateu-ce des écus ? les chiennes , les carognes !
Ausset l'en ont creuvé com des vieilles charognes :
De meime lo Demon t'éreut bientou moch'net ,
Se te ne li serveume et nos fâre danet.

Guitton , et ces doux mâts , tendant ses mains d'aireigne ,
Êtends , dit-elle , étends , insalente Béreigne ;
Je vâ t'rayet les œils , et te n'mo veurez pu.
L'allint se panre aux crins , quand Chan que hait lo bru ,
Mit po les sépéret set chire enteur dous-alles :
Que m'et bâti , dit-i , des sourcières péraîlles ?
Alleu fieu de cheu nos dire vas vérités ;
Je n'volans mainget d'vos , ni raigouts , ni paités.
Pierat répage Chan évat eine raisade ,
Et rit com in peurdu d'eine tête ergairade.
Lo Werhaye et let fin écrit tôt en bovant ,
Et lo contrait so signe in pou d'vant slat meussant.
Werhaye dans set malle ayant min l'écriture ,
Dit qu'in Natare et dreut de bajiet let future ;
De let bajiet s'entend , en tot bien , tot oneur ;
Ce n'ame in dreut si grand que lo çou don Seigneur ,
Let Cornaye et ces mâts vûde vite sot weire ,
Et chante eine chanson que vient de sot Grand Peire.

      Vlet lo contrait qu'à fini ,
      Bajians let future ;
      L'épovantreut sot mairi ,
      Se l'alleut li fâre in cri.
Bajians let future au gué , bajians let future.
Werhaye en répétant let fin de let chanson,

Bage évà tant d'pliagis lo v'seige de Fanchon,
Qu'en dirint que set boche y vieut d'maret calaye;
Set main que gesticule énonce set pensaye.
Let Cornaye en li d'jant : coreige Tabellion,
Et fayant en janne home in pais de rigadon ;
Vos étrepe einè chire, et so flianque per teire :
I so r'leuve en riant et vieut so r'matte et boîre ;
Mà Gliaudat dit qu'l'à nu, qu'i faut quittet Vremin.
Il beillet lo bon soir et Médème Heurlin,
Et li d'mandent lo jot qu'i li pliaret de panre
Po choisi les ébits de set feille et de s'genre.

Com ve voureus, dit-elle, i m'sanne qu'in Jeudi
At in jot fà po çlet : vlet lo Jeudi choisi.
I conveinnent qu'i faut y moynet let Cornaye,
Et pu Chéquin s'en và bien content d'set jornaye.

CHANT CINQUIÈME.

—

Quand l'home at effectet de jouye ou de doleur,
Don sentiment que l'et, torto prend let coleur :
Chalat ne woit pu rien dans set douce espérance,
Que jus, danse, boins r'pais, et bèle jaïssance ;
En songeant au bonenr, i creut déjèt lo t'nin.
Fanchon tot au contrare en prouye et sot chégrin,
Et pu que l'tems s'évance, et pu qu'l'à désalaye ;
Elle voureut r'queulet let maudite jornaye,
Que let deut po jémà révir et sot Galant ;
Ç'à l'oneur que lo vieut ; l'oneur à bien méchant !
Mà, qu'en sint dans let jouye ou bien dans let tristesse,
Lo tems n'écoute rien, i cole évà vitesse ;
Et ç'à seigement fà que d'en bien profitet.

Lo Jeudi, quand les jaux ecmancint de chantet,
Heurlin s'leuve, et fà l'vet set fome te set bacelle ;
L'ovreige que j'évans, n'âme eine bégaitelle,
Lou dit-il ; y fauret po corrit les Merchands
Let mointié d'let met'naye ; pertans, pertans, pertans...
Qué Cherraue ! ma foy, ve ne s'reus jémà prattes !
Ginon en s'degrolant, prend dous treus serviattes,
Cliout l'aumarre, let chambe, et pesse cheu Guitton,
Li r'commandet set vaiche, et torto set môjon.

I treuvent d'lé Grimont, Chalat et let Cornaye
Qu'évint pesset tolet causiment let nutaye :
Po ne les point manquet ; ti cinq dans lo moment
S'en vont veure tot dreut, François que les étend.

3

François évà transpourt embresse ses Cosennes ;
Éveus-ve cliout vatt'euche, et framé vas varennes ;
Fat-i : ça d'aujord'hu ve ne r'veureus Vremin ;
Je vieus vos régalet en oneite Cosin ;
Et Médème Seindru nos fà des fricaissayes,
Que seront po des bovous fourt beune essaisonnayes.
Ç'let mâ let compeigneie en essez bèle humeur ;
Et treus fois let Cornaye en sent baitte sot quieur :
Vlet, dit-il et Heurlin, in Cosin qu'à bien brave.

Pendant qu'il li d'jeu ç'let, François corre et let cave,
Revient, drasse let tauille ; et Médème Seindru
Let cheirge dans l'instant, et boche que veux-tu.

Allons, lou dit François, bovans mes Caïmerades,
Quand j'erans réfrachi de cinq ou chix raisades,
Po gaignet d'vant let sope in novel aupéti,
Je v'rans corrit let velle en étendant midi.
En venant au merché, ve v'en r'torneus tot'chute,
Ve n'éveus jémà vu ni lo Pallat, ni Mutte,
Ni let Masse aux vialons qu'on chante au Grand-Motin,
Ni let Garde montet, ni Monsieur Erlequin :
Je v'frà veure çolet lo long de let jornaye,
Sans qu'i v'coteuse in sou, et pendant let nutaye
Je ferans let pertaye, en bovant et qui pu.
Cosin, li dit Ginon, torto ç'let ç'at aibu ;
Je ferans mieu d'allet cherchet nas auberliques ;
J'évans et fàre au moins dans quoite ou cinq botiques,
I faut, v'on penseus beune, in to pou merchandet :
Tant pu je serans d'gens, moins on pouret n'trompet.

Coment, répond François, ve creyeus, met Coseune,
Que v'aleus, n'enmoinet po trainiet let gayeune,
Tot com des grands nigauds, cheu tot plicin de Merchands
Que detoneront l'nez po rire et nas dépens :
Ç'let convient aux coq'gnons, mà nos, j'atans des homes,
Je n'nos màlans jémà des éfàres des fomes :

Feyeus çou que v'voureus, coreus où qu'i v'pliarét,
Por nos, de natt'coté, j'allans nos en allet.

L'érivent au Pallat; dans let premire allaye
I woinent au mitan d'eine chambe en-feumaye,
Des gens que palint haut : com i v'lint écoutet;
Ç'let n'vaume, fâ François, lo tems de s'éretet.
Ç'à tolet qu'let Palice évà set voix bairoque,
Prend les sous dés trouans qu'n'onment ouï let berloque,
Let Deum'jalle y dispute, et trâte de frippon
Lo Commissare Antoune. Et-elle tour ou non ?

En échevant ces mats, lès v'let dans let cochelle.
Dous pliadioux s'y feyint eine vive querelle;
Ç'ateut Lieunat de Chieulle, et lo Haîzat d'Sanri,
Que pliadint au sujet d'in vieux tac de poiri :
Té, déjeut lo Haîzat, té, t'éreus met dépoïlle;
Je mo macque de té, come d'in vieux tron de poïlle;
Graipin, mot Pracuroux, t'éret bientou toffié.
Tot Graipin, répond l'aute, at in guerdin fieffé,
In trianlou d'eurphelins, que rit de let misère :
Efin de li r'bolet ses grinfes de halère,
J'à choisi tot exprés lo grand mâte Monin
Qu'at encà pu voleur; et t'érez su l'beguin.

Chéquin rieut tot haut d'in pérail tintamare :
Let Cornaye épracheut po répagiet l'éfâre,
Veneus, li dit François, leyeus-les, ç'à dés fous
Que s'enreun'ront ti dous, et coups dés Pracuroux.
V'let com v'ateus tortus, vos autes gens de V'leige,
Tojo prats po des riens et vos rayet lo v'seige.
Cheus les gens de Pallat ve correus consultet,
I choffeillent lo fù po pieure en profitet;
Et tant que v'lou pourteus fruts, lateige, voleilles,
Vas adverses peurdront; ce n'à que des caneilles :
En beillant vas prèsens, v'évaleus lo govion;
Mà quand in boin Airrêt vos mat et let rajon,
Que po payet les fras d'eine maudite éfâre,

On ne vos là causi que vas dous œils po brâre ;
Aux cris de vas affans, les Pracuroux sont chods,
I grugent vas pérails, et so macquent de vos.
Que de bèles mochons dans zous grinfes sont chutes !
I vaurent don bien mieux, quand v'éveus des disputes,
Po satises, hayenne ou rajon d'intérêt,
Ressembliet vas émins dans in boin caibèret,
Expouset devant zous per in récit sinçare,
Lo sujet don procès que ve voleus vos fàre ;
Ve veureus que bientou let jouye et zous aivis
On chemin d'let rajon rematront vas esprits,
Et lo weire et let main sans fiel et sans malice,
Ve vos récomoudreus en vos rendaut justice.
Tèl à tojo l'effet des Airrèts de Baiccus.
I faut layet pliadiet les çous qu'on trap d'écus.
Veneus veure au Pallat, com évà d'let finance
In riche, quand i vieut, fâ palet l'élouquence.
I lo chuvent, les val entrés au Parlement.
Lo Pouâré, Chan Heurlin, let Cornaye, en entrant,
So sentent pénétrés don respect lo pu juste
Et l'espect impousant don Tribunal auguste.
Sans doute qu'en li d'nant set haute autorité,
Lo Roi dans son ensanne et min set Majesté.
Dous Aivocats pliadint com s'i v'lint so détrure ;
Lo pu janne des dous teneut de l'écriture,
I lijeut don françois entremâlé d'létin.
Çolet feyeut bâillet let Cornaye et Heurlin,
Et François de so mieux lous expliqueut l'éfàre.
L'ateut esset pliageante ; i s'agisseut d'in Mare
Que v'leut forcet lo Préte et fornir in Woiré :
Lo Préte, en convenant que l'ateut lo Queuré,
Dejeut Qu'i n'en éveut causiment que lo tite,
Que les dèmes atint les treus quarts au Chaipite,
Et que par conséquent lo Chaipite lo d'veut.

Let Cornaye treuvant que lo Préte éveut dreut,
Je su bcune étonné. dit-i, que des Chalounes,
Po fornir in Galant et des bcites et counes,

Se font héchet lo nére , et veuillent contestet :
Lo Parlement let d'sus ne les deume écoutet ;
I sait qu'en cent endreus i fornigent des mâles.
Let cause et étu r'minse : et l'Aivocat de Prales
Et débétu let çou d'in Seigneur impourtant
Que v'leut chessiet set fome, et r'nayet in affant
Que let Dème éveut fâ pendant que l'ateut en gueire.
I d'jeut que de l'affant i n'ateume lo peire ;
Que pendant trente mois, et cent lieues de cheu lu,
I preuveut qui n'éveut quittet ni jot ni nu
Lo brave Régiment qu'en dousième i commande ;
L'éveut de boins tamoins eine essés grousse bande.
Eh ! que font les tamoins d'lé l'esprit féminin ?
Eine fome en malice étrepeut in lutin ;
Et sus l'ertique-let sovent let pus oudile
Confond pé ses mayens l'home lo pus haibile.
Ç'à vrà , déjeut let Dème , et mon home et rajon ,
L'et étu trente mois fieu de natte môjon ;
Mà je l'aimeus, l'ingrat, évà trap de constance ,
Po pieure suppourtet eine si longe ebsence.
In jot que j'ateus nante et fouche d'awct brâ ,
L'enmor dit : vâ lo jointe ; ah ! sans doute j'y vrâ ,
Répondis-je et l'enmor : mà , que direut l'ermaye !
D'eine corrasse , hélas ! j'érâ let renomaye ;
Pieus-je coichet let chouse en mo bien déguijant ?
Pernant des ébits d'home , et lo nom d'in pérant
Que mot Méri posséde au fond de let Breteigne?
Evà lu herdiment je pess'râ let campeigne.

Je coiche et tot chéquin lo bé dessein que j'à ;
Je pars, et mes émins je dis que je m'en và
Bien long dans in Covent, dont l'Aibesse ât met tante ;
Ma je vole et mon home, et j'érive et set tente,
Fringante et bien montaye en ébit de caidet.

Je fâ dire et Monsieu que lo janne Kerdet ,
Sot cosin de Breteigne érive , et lo demande.
I vient eccompagniet d'eine esset grousse bande

D'officiers curioux de veure in nové v'nin.
Miraique! mo méri mo prend po so cosin ;
Et chermet de montret et tortot let noblesse ,
Qu'en sourtant de l'écoule , et maugré set jannesse ,
So cosin vient charchet let glioure , et lo dangé ,
Et cinquante officiers i beille in grand sopé ;
En m'on fâ jusqu'au bout les honeurs de let feite ,
Sans que je pieusse awouet lo moindre teite-et-teite.
Et lo sopé finit , mon home galament ,
Dit que je v'râ couchet dles Monsieu Saint-Amant ;
Ç'âteut in officier , janne , élégant , aimabe ,
Et je povems four-bien , sans mo rende coupabe ,
Profitet de l'erreur , et fàre de s'n'éveux ,
Mon home çou que sont... pé respect po Messieux ,
Je ne vieume au Pallat , dire eine impertinence.

Et mon home en secret , je demande audience ;
Je l'obtiens , je l'embresse , en montrant qui je sus ;
I demarre in moment immabile et confus ;
Epus livrant sot quieur au penchant que l'entraîne ,
Ses transports ont étu tot près de let dozaine ,
Je n'â vu de met veye eine si bèle nut.

Pendant in mois to plien j'â restet delés lut ,
Pessant po lo cosin , tojo bien déguijaye ;
Et je pieux dire ausset tojo bien cairessaye.
Dieu sait seul , et nas dous com in s'en et beillet :
Ç'â tolet qui m'et fâ l'affant qu'i vient r'nayet ;
Et porqué lo vient-il ? po fourcet let justice
De preutet so secours et set neure malice :
L'et prin po set maîtresse eine fome sans nom ,
Eine devergondaye , eine franche guenon ,
Qui de tote féçon lo mégrit et lo rune :
Je vieux qu'i let chesseusse , et v'let çou qu'l'importune.
V'let mot crime , Messieus ; ç'â po vive en vaurien ,
Qu'i mo route lo nom d'eine fome de bien.

Po les lois et lo sexe , énimet d'in bé zèle ,

Les Juges en riant d'eine fliauve se bèle,
Ont få gaignet let fome ; et l'home com in sat.
Paye encà les dépens, en pessant po çou qu'l'at.

Aiprès l'Airret rendu, nas gens s'en vont bien vîte,
Po veure au Grand-Motin se let Grand-Masse at dite.
Lécornaye en chemin blieme lo Parlement ;
V'let, mes émins, dit-i, in maudit jugement :
Eine fome pieut donc vos mâte su let teite
Lo bonnat d'in boquin, que s'en vat et let heite,
Sans qu'i vos seut permin de venget vatt'effront ;
Vos penreus maugré vos les affans qu'en l'y front.
Les fomes au palas ont in dreut beune étrange.
L'Aivocat de let Dème et pliadiet com in Ange,
J'eu conviens ; l'et montret qu'in tourt bien défendu
Vaut mieux lo pu sovent qu'in boin dreut mau sot'nu.

L'errivent au bé Tempe, où let Majesté sainte,
Imprime aux vras Chrétiens lo respect et let crainte ;
Tandis que permi zous de jannes élégants,
Pâlent sovent tot haut, font les impertinents ;
So pévenent devant les bèles qu'i cortisent,
Et font tojo mépris des çous qu'i scandalisent ;
I devrint d'maret sty, l'en érint pu d'oneur.
François condut let bande et let grille don quieur ;
Ce n'àt que de tolet qu'on woit beun lo service :
Com il y'éveut long-temps qu'en attint et l'Office,
Pendant qu'et louët Dieu, les Chantes so trallint.
Epayés su zous Staux les Chalounes dreumint.
Vlet Chalat parmi zous qu'épercieut in bosèque,
Woyant qu'ç'à lo pu gras, i lo prend po l'Evêque,
S'éprache de François, et li dit en douceur :
Cit-let qu'et treus mâtous, n'meu don, ç'at Monseigneur ?
François rit dans set barbe, et répond : que t'às beite ;
L'évêque au grand-motin, ne vient qu'in jo de grand' feite
Mas li vient po beillet l'exempe et let leçon ;
Ce n'âme in gliarioux, ç'at in chef sans féçon ;
Ç'à portant in Seigneur d'let pu haute naissance,

Set môjon à quausi let douzieume de France ;
L'et les vertus d'in Prince , et les çous d'in Preulat ,
Let grandou so décoiche en tortot çou qui fât.

Chalat tot ébaubi , creut qu'i fât des miraiques
I lo mât dans so quieur, au rang des Saints Evêques ;
Et so sentant por lu plien de dévotion ,
I voureut beuné awouet set bénédiction.
Ma let masse à finie , et lo cosin tot'chute
Les moine su let tot, po lou montrat let Mutte ,
Et quand l'on édmiret ço superbe véché ,
I gripent herdiment au douxième queuvé.
Eprès qu'i sont d'chandus, et que l'ont sut let Pliesse
Vu fâre let Pérade ; et pesset let nobliesse ;
Mes émins , dit François, l'à l'houre où tot chéquin
Charche po répéchit let fortune dont t'pin ,
I nos faut vite allet panre let çou don nate ;
Cà Médème Seindru qu'à tojo si tou prate ,
Mo và fâre en rentrant in terrible traiyin ;
J'en érâ beune austant , éjoute Chan Heurlin ,
Ginon mo tranlieret : Messieus , dit Lécornaye ,
Ç'at let sope et m'névis que s'ret ma foy tranliaye ,
Ca peuchoune de nos n'éret let gâle aux dents.
I so trompint tortus dans zous pressentiments ;
On ne songeume et zous ; les b'zagnes échetayes ,
Evint fât roubliet tortos les fricaissayes.

Come l'attint to prats d'entret dans let môjon ,
I treuvent let Seindru , let Heurline et Fanchon
Que sourtint : Eh , Messieus , lou dit let Gouvernante !
Vos val ; et per malheur eine éfâre pressante
M'empeche de vos r'cieure , et çou que m'fâ foch'net,
Ç'â que j'n'âme évu l'temps de vos fâre et d'junet ;
J'â renvayet Monsieu menget let sope en Ville ,
Et j'allans maintenant dans let raue Mabile
Moinet cheu let Durand , Méd'moinselle Heurlin
Po fâre ses ébits ; i s'ront mieux qu'et Vrémin ,
Et déjet d'main metin lo çou d'nasse s'ret prate.

Dans lo garde-menget ve treuvereus don raté,
Des réches de raigouts ; ve freus com vos poureus,
Lo seur ve sop'reus bien : au reveure, excuseus.

Des réches, dit François, les fomes sont fayayes,
Quand elles sont éprès zous maudites droul'rayes,
Qu'i s'égit de ribans, de coëfures, d'ébits,
Tortos les possédés f'rint d'lé zalles des cris,
Qu'i n'lés pourrint d'ranget : i faut tot uniment,
Au lieu de nos fôchet d'in tot impertinent,
En rire et vos moinet repairet let satise,
Vis-et-vis Saint-Arnould cheu le bêle Louise.

Ç'àteut in caibéret, où les borgeus friants ,
Po de bonnes rajons, allint de temps en temps.
Lo mate at in boin diale et set cave excellente ;
Mà let fome surtout at fourt intéressante ;
Cujenire perfate, et d'in esprit pliageant,
Vive com in salpète , et farme com in gliand ,
Joignant au pu bé sein let teille let pu riche,
Eeine crope de cérf, ëine jambe de biche ;
Ausset quand l'so beicheut po quésanciet so t'pint,
Evà tant de pliagis les guechons let r'watint ,
Que sans les gens ressus l'erint broulliet les sauces.
Evà çlet héïssant les fomes que sont fausses ,
N'émant que les chépés, riant et chéque mat,
Et tirant joliment l'ergent fieu don gossat.

Nas homes en entrant sont mengés de cairesses,
Chan Heurlin n'et jémas tant vu de politesses.
Messieus , lou dit Louise, entreus su lo devant,
Et dejeus me vas gots, ve s'reus servis su l'champ ;
J'évans des bés barbeaus, don saumon, des gravisses,
Dous regnons et let brache ; et des bonnes saucisses,
Des dindons, des polets, çou que v'sérins d'mandet ;
Caitiche, allons, bolians, faut-i vos commandet ?
Mateus quoite couverts , et que tortot seut prope ;
En étendant, Messieus, je va drassiet let sope.

Dans in clin d'œil ç'à fâ ; les v'let que sont servis ;
De let bonté don r'pais, i sont tortus révis ;
Et chuvant vivement let faim que les inspire,
In grand quart-d'houre au moins i mengent sans rien dire.

Com lo vin comanceut de les fâre jasiet,
Dous borgeus délés zous, s'en veignent so pliessiet :
L'inque at in sergent d'Ville en ébit d'ourdonnance,
L'aute at in vieux routier, runet pet let bombanee ;
Qu'et l'ar d'in franc ivrogne et ses éjustemens :
L'et in chépé dentlet pet les s'ris ou lo temps,
In vieil ébit réset don let doubliure en frange
Eccompègne four bien treus pieces en lozange
Minses su lo devant, que n'et pu qu'in boton ;
Mà l'sergent en revanche en et plien lo maton
Qui d'écourt éva s'nez de coleur de betrave,
Énonce aux boins bovous, lo bovou lo pu brave.
Tot'-chute et Lécornaye i poute let santé.
Et cit-let li ripouste évà vivacité :
V'àteus, li dit l'ivrogne, in boin Màre de V'leige,
Ç'à ma foy beune agié d'on veure et vatt'veseige ;
Je v'connas ma foi beun', veu d'mareu d'va Corny ?
Nian, répond Lécornaye, et je d'mare è Vany,
J'y queultive lo bien de monsieur de Lérune,
Lo praqueroux de Metz qu'et let let pus grand' fortune,
Tot chéquin lot counat, çat ein homme de bien.
Lu ! dit l'ivragne, oh ! nian, ç'àt in duche chrétien ;
Des gens qu'ont des procès let tout prins let dépoille ;
Et j'voureus de tot m'quieur poveur li chantet poille,
J'a tojos don pliagi ; quand j'étreppe in fripon
Et l'tratiet, comme in jo, j'a fat d'monsieu Gripon,
Lérune at inqua pis, et tos les jos je r'grette
De n'lawouet pu treuvet, po l'tenin d'zo mé pette,
Couch'tot, r'prene lo sergent, ta tet langue, et bovans,
Tés roubliet, je creus, qu'Lérune at d'mes pérans
Qu'làt connu tot pertot de d'peus Metz juqué Rome
Por in fin praqueroux, et c'quàt d'pus, honnête home,
Aux boins sargents d'let velle y vaut mieux l'compérèt

Ç'at des brauv's gens cétlets, surtot au caibéret
Replique austout l'ivragne , en évalant so wouerre :
Je voureus portant beun lous y d'cliaret let guère
J'a d'sus l'quieur tos les tourts qui font dans let cité.
On m'creuret si lon vieut, mas ç'at let vérité :
On les paye essés mau po fare let palice ,
J'en conviens éva vos , mas je l'dis sans malice
Y treuvent lo secret d'érondir zous guézons.
S'arme éva les soudarts, ou zous peutes guênons ,
S'name éva les souillons que corent les rouelles,
Ç'at éva les lajoux des bèles demoinzelles
Qu'ont cheux zous bien cherment des quèbinets guernis
Où tos les libertins vont charcher des r'pentis,
Ç'at enlet qu'les sergents so font de bonnes rentes,
Zous gaiges sont tripliés pet les fomes galantes.
Mas s'name inqua mointié de zous boins rogatons ,
Les pu beis d'zous reuv'nins sont des tos de batons.
Je ne pale met des sous qu'on r'éieut sus les épaules,
Ç'a les hézas dou m'ti que d'awouet des coups d'gaules ;
Je vieu palet des dreuts qui leuvent sus les jus
Que l'on joue en coichatte aux tripats deffendus,
Des boins repès qui font cheu tos les aubergistes
Aussé jémas y n'sont natés sus zous registes
Ç'a let même aux quéfés, on les trâte en seigneurs
L'ont let tasse gratis, lo brand'vin, les liqueurs;
Dans tots ces endreuts let y r'ceuneut qu'a let piéce.
Lo méti d'in sargent vaut let pu beile plièce.

Dans tot maudit recit je n'tame interrompu ,
Dit l'sergent, mas répond ! sourcier de malotru ,
N'as'mé zous que sovent te remplinent let panse ,
Et de tes boins gueultons que payent let depense?
Y t'convient beun ma foi de fare lo gliarioux
Ç'at pitié que de t'veur maudit chien de héch'roux,
Tot aus'bien , nas'mé té que j'peyans po n'instrure
De c'qne s'pesse aux taudis où t'freus paoue en peinture ?
— T'en es menti cent fois, dit l'ivragne en bovant,
Ç'at des goujards com'té que l'on y wouet sovent.

Lo sargent è ces mats, tôt boillant de colère,
Sus l'champ come in furioux li jette au nèz so wouerre ;
L'ivragne nayet d'vin, et berboillet de sang,
So leuve et vos li flianque in grand coup d'pied dans l'flanc,
Et pus, come des woirés écheuvant let dispute
En s'gugnant, *patatra,* val' let tauille qu'at chute ;
Les pintes et les pliets roulent sur les pévés :
Verins dit que let chambe ateut des lieux privés.
François houye è let garde, et let belle Louise
Brâ de veur que cheux leye on fat péraill' satise ;
Les hernioux sépérés, Louise vieux comptet,
Po so fare payet, tortot c'qu'on et d'brolet :
L'ivragne vos let trate en vra dévergondaye.
Let garde vient ; messieux, dit let belle insultaye,
Enmoineus ço vieux let, ç'at in fiéfé caquin,
Que s'permat tos les jos d'insulter tot chéquin.
Let garde au même instant enhonche nate ivrogne
Que jeurieut, que focheneut tot en tourchant set trogne.
Nas gens débéresset d'in pérail guernement,
Po s'quelmet tant qui sont d'in tel désagrément,
Font reptet de vin vieux eune bonne boteille.
L'houtasse tot aûs'tot l'époute et lou zi beille ;
Ma foi, dit Lécornaye, on woit bien des ch'nepans
Mas citlet mèt péru lo mâte des brigands ;
Je n'scai comment qu'on pieut les veur sans répugnance,
Meinget, boire éva zous, et fare zoute èlliancè ;
Ç'at, répond lo sargent, in caquin, in fripon,
Let palice en et b'zan po l'meti d'espion,
Ce n'am' dans les brauv's gens, aujd'hu qu'on en renconte,
Ç'at dans les gens de rien, sans honneur et sans honte ;
Po les fare jaseit on les saoule sovent ;
J'en rogissant tortos, mas j'saivans d'où vient l'vent,
Y sont les chiens corants d'on gibier qu'on étrépe,
Sans zous, bien maugré nos, lo brigand nos échèpe ;
Sidsel en at lo chef et lo pu insalent.
Oh ! je n'séveum' solet, dit Pierrat au sargent ;
Au v'leige on n'éprend rien, j'sus content d'ventende.....
Mas y nos faut songet d'aller r'treuvet nat' bande,

Ç'at beun dit, r'pont François, mas com' de brauves gens,
Y faut aupérévent payet tos nas dépens;
Je m'cherge de tortot, j'a de l'ergent dans met malle.
Véveu lachet tolet eun bonne péralle,
Dit l'houtasse en riant, je v'tratras en émis,
Ven éveu po cent sous, en comptant les débris.
Ç'name cher, fat Lécornaye, et veu n'pedeus qu'l'étente
De nos reveur cheu vos, tant vateus engaigeante.
Mas, dit Gliaudat Poiré, je n'woues pu nat Chalat?
Ç'at vat' fei, r'pond Louise, ah, mon Dieu lo pour nat!
Je creus que l'at coichet dezos lo lit d'nat mâte,
Y tremblieut com' let feuille et s'y coicheut en hâte,
Quand j'a pessé près d'lu dans l'moment don sébet,
En criant eomme in vé, dépécheus, val qu'on s'bet;
Je vas vos l'émoinet, s'il at iqua dans s'gite.
Elle court è l'instant et s'revient auss'vite
Tenant l'paouroux Chalat pé lo pan de s'n'hébit
Qu'ateut plien d'let ouetenne échépaye don lit.
To goteut autot d'lu, l'éreut fat paoue au diale,
Y n'poleut respiret et n'rendeut pu qu'in râle,
L'éveut bra, l'éveut fat c'qu'on fat pé tos les bouts
S'let senteut pis qu'les r'nads ne sentent dans zous trous,
L'ateut têl'ment d'gotant qu'on n'séveut per oú l'panre;
Si Ginon l'éveut vu, l'éreut chessié so genre.
Gliaudat qu'ateut hontoux de l'veur aussé fliarant,
Dans let cochelle austout lo condut tot trembliant,
Et tolet d'zos let pompe, éva des tourchons d'peille,
De let tignesse aux pieds il lo chaoue et l'étreille
Po l'sachet comme y faut, i l'et fat mat' au slat,
Et peus l'moment d'éprès y rente eva Chalat;
On n'éveut jéma vù pu peute portrature,
In guéchon pu pénau, ni pu satte figure;
So r'chat senteut iqua, mas ç'nateume lo jasmin,
Ç'n'ateum non pu l'uilliet, let rouse ou l'romarin;
On li fat boire in coup évan d'playèt bégaige,
On quitte lo sargent et chéquin déméneige.
Nas gens s'en vont tot dreut cheux médéme Saindru,
L'echtomac bien guerni, mas sans awouet trap bu,
Et tortus bien contens d'y retreuvet les fomes;

Grace è Dieu , dit Ginon vace enfin tos nas homes.
Aye, s'at nos , dit Chan ; mas je n'wouès pus Fanchon ;
L'at r'tonet è Vrémin , repond anstout Ginon ,
Elle n'ateume è s'naje , et com' lo per' Guépratte
Perteut dane s'mament let , j'la mis sus set chératte ;
L'at dejè tâ pertans , et r'tornans et Vremin ;
J'évans don temps essés , li répond Chan Heurlin.
Mas, pertans , j'y consens , j'néram' bezan de crasse :
Au r'veur cosin François, j'vétendans è let nace.

CHANT SIXIÈME.

Nas gens tot guillerets n'atinment fieu des poutres
Que déjet lo bei s'lat s'coicheut déyet les coûtes ;
Les oujlions en chantant so r'tirint dans les brous,
Et les chauves-séris sourtint fieu de zous trous :
Les bergis, en juriant, feyint rentrer let haite,
Et les tambors de Metz bettint déjet let r'traite !
Quand tout è coup, Gliaudat rouate dèyet lu,
Et wouet so pour rossiau tanet sus l'bord d'in ru ;
Tot chéquin core au d'vent et vieut sawouet let couse
Que lo r'teneut tolet ; y l'ou r'pond : je me repouse,
Je n'pieus t'ni d'sus mes fés, et j'aleus m'endremin,
Jecreu beun que d'aujd'hu j'uérivrame è Vremin,
Si v'natinmes venins me r'levet de d'sus l'herbe,
Rouateu donc, dit Glaudiat, qu'âs que let d'sus let berbe,
Ç'at d'let brobe et don sang, faut creure que l'et chu.
Y faut que j'to léveusse, évance auprès don ru.
Ç'a tout dit ; mas je n'pieu r'muèt ni pieds, ni pettes,
Repond Chalat : j'su hadét ; j'n'a ni baton, ni guettes,
Je n'sai comment que j'fra po m'trainiet j'què cheu nos,
J'y vra portant je l'creus, mas ce n's'reme éva vos.
Je n'to laram' tolet, r'prend austout Lécornaye.
Quand j'devreus dessus m'dous d'potet tot' let nutaye.
Mas sans charchet plus long, tiens prends lo brès de t'pére,
Je vas t'beillet lo mien, t'marches comme in compeire ;
Allons, coreige, allons, tachans d'répéret l'tems.
Fanchon, te le sais beun, n'aime mè les trouans.
On l'enmoine en jambliant, tot trembliant et tot fliache
Y féyeut c'qui poveut, mas y n'ateume et s'nàche.

Per bonneur po tortus l'entendant v'nin in ché,

D'in léborou de Vry que r'veneut d'on merché.
Eréteus in moment, dit l'pliajant Lécornaye,
Ranjeuve in pau, si v'pliat, don cotier de let haye,
Je mattrans sus vat' ché ço poure guéchon-let
Qu'et des maux d'quieur tot plien pour aouet trap d'junet.
— Bien v'lanti, deupeichans, faut que j'parteusse vite,
Dans in houre, au pu tas, faut qu'jériveusse au gite,
Et si s'nateume vos j'éreus chu mo cheumin,
Mas, je n'pieux rien refuset au cosin Chan Heurlin,
Tiens! ç'at tet, li dit Chan, on te houye Francisse,
J'te r'vaudras, je t'en r'ponds, ton oubligeant sarvice,
Te dépous'rés Chalat en pessant et Vremin,
Çolet ne déton'rême, entende, mon émin ;
Es set naçe bientout, on te veuret j'euspere,
Et t'y dans'rés, sit'vieus, éva quèque commére :
Sitout dit, sitout fat, on chèrge dessus l'sché
Lo futur de Fanchon, que s'y màt comme in p'ché.

Val les ch'vauv au guelop que longent let grand'route ;
Mas on va veur bientout l'équipeige en déroute.
Francisse, comme in fou que s'reut et l'ébécé,
Queulbute éva son ché dans l'mitant d'in fossé.
Po s'tiriet de tolet y n'séveut comment fare ;
S'n'ateume comme on pense, eune pétiate effare ;
Déjet lo pour Chalat rendeut pé lo gorgeon
Tot c'quil évent ouédet de reiche don d'jeunon,
Tant d'eccidents jemas ne sont de bonne augure,
Surtout po in mériet de si manre figure,
Qu'on n'prend que por coichet l'emberét de Fanchon ;
Mas, s'name tosset l'mament de fare in bei sarmon.
Y faut s'mat' è let pleice où se treuveut Francisse,
Jeurant comme in chartier éprès l'dalent jocrisse,
Qu'éveut l'nez dans let brobe et lo courps tot meurtri,
Priant Dieu de tot s'quieur, pensant qu'laleut meuri ;
Mas, per bonheur pour lu, tos les gens de sa sute
Erivent è l'endreut qu'leveut fat let quelbute ;
Les v'let tortus seurpris et beune épovantés,
Et d'in malheur pérail tortus beun étristés.

Ous'quat don nat'Chalat, demande en trambliant s'père?
Grand Dieu! je n'lo woués pu, y n'ame touët jespère !
Lo val, repond Francisse, y name iqua treuvet ;
Mas pour le remoinet, çat m'ché qui faut r'levet ;
Taatout j'éra l'sébet de mè mère et de m'père,
Ç'at lu qu'en s'ret let couze, et s'let me desesperc ;
In maman, dit Gliaudat, je core au pus presset,
Je vas r'tiriet m'guéchon, et lo mate tosset :
Y traine austout Chalat tot auprès de let haye.
Ginon de l'veur en let ateut époventaye ;
Lo ché a mi sus cul, on y réplièce Chalat,
Que n'poveut pu palet, qu'ateut bleime et pâlat.
Francisse, monte et c'hvau, dit austout Lécornaye,
Mas vétans tot bel'ment, tiens beune tet corjaye ;
N'vinquiéteur mè, repont-i, je churas lo dreut ch'min,
Et si je n'cheuyans pus, je sras tout é Vremin.
J'érivrans in pou tâs, dit Ginon désalaye ;
V'poureus couchet cheu nos, fat-elle è Lécornaye,
J'évans in boin grand lit que v'pertéj'reus v'lanti
Eva Gliaudat et s'fei, quand je s'rans tortus sti,
Veus s'reus in pou génés ; mas, quas' qu'eune nutaye,
Eva de boins émins, elle at bientout pessaye.

En devisant en let au longe don cheumin,
Sans quosi s'en dotet l'erivent à Vremin ;
Fanchon les etendeut en beyant devant l'heuche,
Chalat è côté d'leye ateut comme eune embeuche,
Quas'que té, dit Heurlin, porquè que t'nam' cheux nos
J'éveus mau, repond Fanchon, j'mennayeus éprès vos.
Entrans tortus, dit Chan, je r'pousrans et nat âge,
Mas faut veur si Chalat at tojo ausset fliage.
Pernans lo pé les brés comme on et fat tantout :
Y n's'ade mé, morguié, non pu qu's'il ateut mout.
Evance don, j'to sotnans, on creurent que t'ès paoue,
De c'coup set je t'en r'ponds, te n'vremc dans let baoue.
Y n'y pérétret rien quand t'érès beun dremin,
J'allans t'mat enteur nos dans in let d'Chan Heurlin.
Je n'demande mè mieux, j'a trabeun de soffrance,

4

R'pond Chalat; mas po dreumi, j'en a four let dotance.
Teneume boin si v'pliat, je n'pieu t'ni sus mes pieds,
Y sont comme des batons, on direut qui sont liés.
Danš let maujon portant tot austout on l'entraine,
S'neme étu sans sopirs, l'en lacheut pé dozaine.

En entrant dans let chambre ous'qu'ateut jè Fanchon,
Let tauille ateut drassiaye et dessus don jambon.
Bovans' in coup, dit Chan, éprés j'vraus fare in some.
V'ateus hadès tortus; y faut don r'pous è l'home,
Demain j'pal'rans d'effare, ou n'en pieut fare aujd'hu;
Emmoineus vat Chàlat, lo pour nat n'en pieut pu.

En s'quittant, bien jayoux, tot chéquin se souhate
Lo boin jo, let bonn'nut, et se retire en hâte.

E poine as'qu'on ouyeut l'élouàte guézoillet,
Que déjé Chan éveut quittet son oureillet;
Déjet let pour' Fanchon, pu qu'jéma désalaye,
Eveut, maugré s'chégrin, fat let chambe et l'alaye,
Et set mère éprateut en hâte lo d'junon,
Compousiet de gayin, de chalats et de p'chon.
Bientout vas' errivet les compeignons d'let vaille.
Chalat tot en entrant s'gretteut l'front et l'araille,
Tot comme si s'doteut de c'qu'on li prépéreut.
L'ateut beun ranvaillet, et s'teneut essès dreut;
On s'beille lo boin jo, pus on s'mat è let tauille,
Chéquin sait c'qu'on y fat, et comme on y guézoille:
T'as mou chançou, Chalat, vès, si j'ateus guéchon,
J'to disputreus, mè foi, let chermante Fanchon,
Dit austout Lécornaye, en li versant à boire;
T'as morguié né coiffet, t'empoute let victoire
Sus c'que j'évans auj'dhu de pus reiche au pays.
Ne fame lo hontoux, on wouèt mou beun que-t'ris;
T'en ai l'sujet, j'en r'ponds, eune fomme aussi seige
At in rare trésour... E quand donc lo mériége?
Chan, ç'at è vos d'fixet lo mament fourtunet,
Lo putout ç'at l'méliour, les envioux s'.unt foehnet.

Chalat les r'dote tant, que l'pour diable en at jaune ;
Faut publiet ses bans l'putout poussibé, au prône.
Ç'at jé fat, repond Chan, comme j'ettins écordés,
J'a payet nat' queuré po qui n'sint point r'tardets.
Au motin, veus l'sévèus, on n'fat rien sans dreupenses ;
Mas, j'a treuvet surtout d'ialmént cher les dispenses ;
On pieut s'mériet madi, si tot nat' monde at prat.
Je l's'rans morguié tortus, dit tôt aus'tout Gliaudat.
Comme v'érangeùs slet, dit let mère Ginon ;
Quias'que fret lo fechtin ? ce n's'rem' met', ni Fanchon.
Faut veur plus long que s'nez, faut d'let châ, faut d'let tàte.
Faut épratet tortot, faut tortot fare en hâte,
S'let n'vrem' beune enlet, tortot vrés de trévés ;
Des sauces po tortot, l'en fauret des queuvés ;
De let tàte é l'evnant, don vin en ébondance :
Je n'povans po madi, j'nevanme essés d'évance.
Je n'sai c'quet nat' Fanchon elle at tortot chalié,
Je n'pieu comptet, je l'woués sur l'eye po m'adié.
Je f'ra sou que j'pourra, dit Fanchon tot trembliante
Mas po vos solegêt édrasseuve è met tante ;
L'at mou fine cujnire et s'va dans les chètés
Fare des grands repès, et surtot des pétés.
Ç'a vra, r'pond Ginon, mas s'nam'tot, d'let cuj'nire,
Po tos les gens qu'jerans faut awouet de qué frire,
Ne v'inquieteur mè tant, li répond Chan Heurlin,
Déjé cheu lo chesson j'sus chur d'in merquessin ;
J'à r'teni cheu l'cosson, quouete ouyes de l'ennaye,
Aus'tant de grous dindons, d'polets eine covaye ;
Injane égnié, treus lieufs, et trap beun de pigeons ;
J'évans in vé cheu nos et quouete ou cinq jambons.
Je pense qu'eva s'let on n'erem'let fringale,
E moins que tot chéquin n'veusse aux dents let gale.
Mas, s'name inca tortot, je n'songeume aux preusens ;
J'en érans tant et pus de tortot nas pérans ;
J'érans de qué bafré tot le long de let s'maine,
Et surtout don vieux vin po n'molliet let gergaine.
Po cure tortot s'let, y faut treus jos po l'moins,
Dit let bonne Ginon, s'at é let fois trap d'soins.

Matans slet è jeudi s'nam'trap, n'meus Lécornaye?
Je l'creus, com'vos, dit-y, je n'en freume let crouaye
Quand on m'beill'reut tortot c'que vércus po l'fechtin.
Veus n'concheume Ginon, li répond Chan Heurlin,
On n'en fat pu com'leye, ausset j'let prige et j'laime ;
Comme in jane mérièt, en tot tems s'at let même.
Je l'creus, ma foi beun', dit Pierrat p'let fletiet,
L'at tot aus'frache auj'dhu, que l'jo qu'on let mériet,
Mas n'faume po s'let li beillet trap d'ouvreige ;
Quand on aime set fomme, y faut qu'on let meneige,

Si j'ouseus m'prononciet je n'panreum' lo madi,
Je v'pertéj'reus ti dous, j'panreus lo méqueurdi :
Tés rajon, répond Chan, te pales comme in homme
Ç'à lo perti l'pus chure, y deut pliare è mé fomme,
I l'faut beun, fat Ginon, mas n'pédans point d'tems,
Dès aujd'hu je vas cur les jambons que j'évans.
Féyeus d'main v'ni le Reiche, on pourret matte au foche ;
Tos les pus grous mochés que pes'ront pé let Boche ;
Sat l'diale é confesset que d'préperet tant d'châ.
Y nos faut don coreige et j'n'en a déjé oua,
Faut matte è profit l'tems, penscus è vat' effare
Alleuves-en tortus, perteus et léyeum' fare ;
Let coseine et rajon, dit Pierrat è Gliaudat,
Allaus r'treuvet Vani, et r'condure Chalat ;
L'et b'zan de s'prépéret po lo jo de set naçe,
Je creus qu'en c'bei jo let y n'li fauret point d'crasse ;
Y fauret se t'ni dreut com' nat' cierge pascal
Bien boire et bien chantet, surtout dansiet au bal ;
Fare lo bei galant, queuzanciet let mériaye,
Fare let riouye auto, tonnaye sus tonnaye ;
Faut tachet de li pliare au moins évant let nu
Po let rende pu doce, en s'éprachant d'let lu :

Dans let chambe é coté Fauchon tojo d'salaye,
Pendant qu'on palent d'leye ateut triste et r'tiriaye
On let houye po r'seur les édus don rossiau
Elle érive en trembliant et fât veur qu'elle e mau :

T'as mou héch'rouse auj'dhu , li dit aus' tout set mère ,
Ce n'at rien , r'pond Fanchon , s'let s'pess'ret j'euspére ;
Rembresse to futur et vétans te r'pousiet,
Je woués beun , l'i dit Chan , qu'nas éprats t'ont trobliet.
Eprache donc , Châlat , te fas mou peute mine.
Je n'ous'reux , répond'y , j'nom' let barbe essés fine ,
Ce s'ret po méquerdi , je matra mo bé r'chat ,
On n'mo r'econatret pus , j's'ras aus'prap' qu'in Chalat.
Perteus don tos les treuche , et s'ven r'veneux bien vîte ,
Madi, ny manqueur mé , j' v'étendant po let gîte :
Nas gens preignent austout let route de Vany ;
Chan Heurlin de s'côté s'en va deva Cheuby ;
Invitet ses émins et torto s'peranteige ,
E s'treuvet au fechtin lo jo d'on mérieige.

Tandis que tot checquin po s'let se trémousseut ,
Qu'po bafret, po dansiet tot chéquin s'éprateut .
On époute é Fanchon , de Fremin dès novelles ,
Ce cher émin d'Marice , émïn des pus fidèles
Y li mandeut d'tachet də r'queuler j'qu'au printemps
Lo mériége en tréhin , s'il ateut i'qua tems ,
Que Marice eriv'reut po li t'ni sét pérale.....
Let v'let qu'bra de pliaji , mas qu'tot fout so désale
L'ateut dans s'neuviem' mois , et tortot ateut prat
Po contrectet s'mériége évà l'béta d'Chalat ;
De veur bientout m'némin , si j'atèus échuriaye
Je poureus tot risquet, je n'sume iqua mériaye ,
Se d'jeut-elle é per l'eye , en bréyant de tot s'quieur
Y m'épos'reut d'tot d'boin , ç'at in hómme d'honneur.
Mas je n'pieus y comptet évant d'ête écouchaye ;
D'què féçon qu'slet torneuse y faut sautet let haye.
E tot c'que s'et pesset je ne pieus rien chinget ,
Let prouvidence at bonne et pouret m'pratéget ;
Tot aus'bien ous'qu'at l'mau ? c'que j'a fat n'ame in crime :
Por mé l'afaut qu'jéra s'ret tojos leugitime.
Si s'nateut mes pérans ; je refus s'reut tot net.....
Let latte de Freumin éveut fat son effet ;
Let dalente Fanchon éveut repris coreige ,
Et let léyet tolet , ç'eut étù mou démeige ;

Aussé Dieu qu'at d'sus tot, qu'nébandanne jémas
Les gens comme Fanchon , que sont quosi perfas,
De l'aute bout don monde et remoinet Marice,
Qu'in maudit bisquéyin éveut mis fieu d'sarvice ;
Les éprets de let nace allint four en éyant ;
Fanchon y tréveilleut, mas s'naleut qu'en r'chegnant ,
So père tot pertot éveut fat ses invites
Et dès l'madi métin déjé r'çu des visites.
Fanchon foch'neut d'tot s'quieur, mas l'mayin de r'quelet!
Elle n'en woüyeut point et moins d'tot quboulet :
Ç'ateut trap d'embérès , elle y pedeut let tête,
Et portant, comme on sait , elle n'ateume bête ;
Elle se r'commendeut aux saints don pérédis ,
È son Einge-Guerdien , po gaignet don reupis.

Let pour afant ateut de nové désalaye ,
Quand tot è coup l'entend lo brut d'eunn corjeaye ;
Ç'ateut nas gens d'Vani qu'érivint po sopet .
Ç'ateut l'diale putqut ; Fanchon n'pieut l'échepet,
Ç'ateut les dous Pouarés, lo pliageant Lécornaye
Entorés de lariets , dont l'ché formeut let haye ,
Des ribans aux chépés , è let tête des ch'vaux,
Aux hébits , tot pertot, l'en évint tot è vaux ;
On les eut pris tortus po ces p'iates bacelles
Que vont au mois de maye è Metz cori les rouelles.
Chalat, lo peu Chalat r'saneut aux Cherléians ,
Tant l'éveut autos d'lu de bébés en qu'lincans ;
L'éveut déberbolliet so v'seige de quouérome ,
Po let premire fois l'éveut j'creus l'ar d'in home.
On les r'cieut chez Heuelin tot comme des émins ;
On descend de zout'ché les pauilles et les pussins.
Les ouyes, les quénards, les preusents p'let mériaye ,
Et chéquin en entrant let rembresse en l'allaye
Au moment qu'elle alleut s'coichet dans in Keugniat
Po n'point rencontret ni veur Chalat l'tougniat.
I n'faum', dit Lécornaye, ébusiet d'let coseine,
Elle et to plien d'ouvraige autot de set cujenne :
J'névans ni faim , ni seu, jallans boire in p'iat cou
Et peu j'irans n'couchet, et dremi tot nat' saou.

CHANT SEPTIÈME.

E poine lo fliambeau qu'écliare tot le monde ,
Les boins et les méchans , sus let terre et sus l'onde ,
Que féconde nas champs , que murit les rejins ,
Dont let doce chalou nos beille de boins vins ;
E poine enfin lo s'lat dourieut-y les monteignes ,
Que tos les gens d'let nace érivint des campeignes.

Tortus se renjayint de bien boire au fechtin ,
De meinget et l'év'nant des fricats d'Chan Heurlin ;
Tortus, si s'nat Chalat, è let triste figure ;
Tortus sautint de jouye, exceptet let future ;
L'éveut pesset let nut po pliéciet s'vantérien ,
Set catte et so mochu, po qu'on ne woyeusse rien ;
Elle n'éveut jéma bezan d'ête péraye
Por ête let pus beile et so veur édouriaye.
Chequin en let rouatant l'envieut è so rossiau ;
C'eut étu pain béni d'li panre so l'muziau ;
Tos les gens épratés, Chan Heurlin et set fomme ,
En tête les Pouaré , s'dandinant Dieu sait comme
Tortus en rang d'ignions s'en allint au motin ,
Quand tot è coup in cri les érête au chémin ;
Ç'ateut l'brave Marice ; aus'tot val l'essemblaye
Que lo roûate et l'envéye , et qu'at beun étonnaye.
Fanchon cheut en foibliesse , en ouyant ce qu'on dit ;
On s'empresse autot d'léye , on let poute sus s'lit ;
Tot chéquin let phendeut, tant elle ateut aimabe ,
Plagiante éva tot l'monde , et surtout chéritabe ;
Mas les cancans bientout se répandent pertot ;
On chuchatte è l'araillè , et les fomes surtot,

Se dijet, so l'secret, que let belle mériaye,
En rev'nant d'set foibliesse, ateut d'chute écouchaye
D'in grous guéchon bien dru, qu'en valeut quosi doux,
Que r'saneut è Marice, et qu'éveut d'beis chaoux.

Pendant qu'on déviseut, qu'on médiseut sus s'compte,
Y s'éprateut cheu lu, po répéret let honte,
Que chéyeut sus Fanchon dans les cocomiaux;
Sitout qu'let êtu prat, y va treuvet l'rossiaux :
Si j'to woués, li dit-y, pérête en l'essembliaye,
Devant tô tes pérans, j'te flianque eine jaoüaye.
Te sés c'que s'let vieut dire, ou bien je t'lo fra veur.
Eh! mon Dieu, dit Chalat, je n'mo piq'mé d'honneur.
T'nés don jémas servi ! li demande Marice?
Sia, dit Chalat, treus ans, au motin è l'aufice;
Mas, ç'let n'pieut m'empêchet d'entret cheu Chan Heurlin,
Ce n'am' po m'en allet, je creus, qui m'et fat v'nin ;
Allans-y tos les dous; si s'en fauche, ou si m'chesse,
J'm'envras tot dreut cheu nos, je n'vieum' cheur en foiblesse.
Je l'vieus beun', dit Marice, et t'srés beun étonnet,
De veur c'qui t'érivret, austout qu'jéras palet.
Y s'mâlent tos les dous évat let compeignieye.
Sitout entrés cheu Chan, y charche let merieye :
(On l'éveut mise et point dans let chambe è Ginon).
Je viens po reperet c'que j'a fat è Fanchon,
Dit-y! sans so trobliet, je sus in honnête homme :
En pertant, j'a jeurié que j'n'ereus point d'aut' fome :
Mo vace revenin; j'a cent écus d'pension,
In bé congé d'honneur po let belle action,
Que j'à fate et l'ermaye, au péril de met veye.
Ç'at è met let majon, dont tant d'gens ont enveye ;
Et je sus chur d'awouet l'emploi de garde bou,
Don premin qu'on r'voq'ret, ou qu'on matret dans l'trou.
Ç'nam' lo bien d'Chan Heurlin que met fat v'nin en hate ;
J'en a pus qui n'm'en faut, ç'at Fanchon que j'sohâte ;
J'let demande è ses pérans, que j'a p'téte oufenset ;
Si m'perdonnent ti-dous, j'sus trap recompenset ;
Mo bonheur depend d'zous ; eine bonne pérale

F'ret don bien e Fanchon, que churment se désale
De causet don chegrin à set mère Ginon,
E s'pére qu'at chéri tot-pertot dans l'canton.....
Dessus ces bés mats-let, Chan Heurlin lo rembresse,
Lo sarre dans ses brès, en bréyant de tendresse.
In pou pus tas, dit-y, je pédins nat afant;
J'en évans treuche è s't'houre, et bientoute p'tête austant.
Lo boin Dieu bénirét in pérail mériége.
Eva Fanchon et té, je n'frans qu'in menège.
Austout qu'elle vret beun', je r'novelrans l'fechtin;
Aujd'hu qu'lat préparet, faut en boire lo vin;
Don p'tiat guéchnat qu'j'évans, faut fare-lo bétome,
Chalat s'ret lo parain, et maraine mé fome.
Qu'en d'jeuves, mes émins, je reponds po Ginon;
V'y consenteus, j'wois ç'let, Chalât ne direm' non.
Eh beun' j'allans tortus ne far' qu'une taulliaye,
Je chantr'ans, je boirans è nat' janne écouchaye.

Po v'provet, dit Chalat, qu'j'a por vo d'l'émitié
Je v'décliare tosset qu'so p'tiat s'ret m'n'heritié
C'nam' portant mé qu'let fat; ma j'li servira d'père;
L'en éret dous po inquo, et n'eret jou qu'set mére.
Je renonce au mériége, en ce moment pò tojo.
Allans d'junet, r'pond Chan, je veurans ç'let queq'jo.
E let tauille è l'instant chéquin va panre plièce;
In pliet n'ame évalet qu'in aute lo remplièce.
Les matons de tortus allint comm' les pilons
Que brayent lot cherbon po let poure è quénons.
Let faim kelmaye, on boit des santés et let ronde;
On vude lo tonné, qu'ateut plien j'qué let bonde.
Et quand let tete at prise, on jase, on chante, on rit.
J'v'ennayreus si j'dejeus c'qu'on et fat, c'qu'on et dit
Chan qu'ateut en tréyn, propouse lo rogome,
Et vieut que l'boin Chalât danseusse éva set fomme,
J'n'en f'ra rien, repond-y, c't'honneur let ne m'am' dû,
Ç'at à monsieur l'sargent; tot auss'bien j'a trap bu.
On l'woet beun, dit Marice, aussé je to perdonne,
De m'panre po sargent, si tet vue ateut bonne,

T'éreus vu que d'sus m'brès j'a les gâlons d'foriet ;
Ma t'as m'lioux qn'j'n'creyeus, éva ç'let t'n'am' sourciet.
Ç'a vra , r'pond Chan Heurlin , Chalât n'et point d'malice ;
Et drès qui l'vieut , Ginon dans'ret éva Marice.
Prépareuves tortus, j'vas far' v'nin les vialons ;
Dans let chambe déjet danseus tojot des ronds.
Je vos chus dans l'moment , je vas far' met tonnaye ;
Fare entret let musique , et frammet nate allaye.
E Marice portant je voureus dire in mât :
Je n'demande mè mieux, répond-y : qu'as'c'que ç'at ?
Je voureus beun sawouet comment que t'és pu fare ,
Po v'nin è point tosset, po trobliet nate effare :
N'faum' menti , cher émin , te m'es fat mou d'pliaji ,
Sans té tos les chégrins hébitrint nat' lagi.

En dous mats ce s'ret fat , li dit lo bé Marice ,
Je séveus c'que s'pesseut, d'peus qu'j'ateus au sarvice ;
D'in boin émin qu'j'éveus, je r'ceveus des évis ;
J'a treuvet lo darnier en pessant pè Péris.
Câlas Frémin m'éprend lo jo pris po l'mériège ,
Qu'on n'compteut pu su mè ; ç'let m'beille don coreige ;
Je ch'mène nut et jo , jérive écheu cheu lu ;
Les poutes so framint , et j'y pesse let nu.
Mas auj'd'hu d'grand métin , je voleus sus let route ,
Aus'vite qu'in ouj'lion , don l'nid at en déroute :
Vos séveus l'rèche è ç'thoure , et je v'demand' perdon
Des cheigrins que j'vas fats per émour po Fanchon.
N'y songeans pus, dit Chan , t'érés let récompense
De t'boin quieur et d'lémor , et d'perdon j'to dispense.
J't'a tojo beun aimé , te l'as aussé d'Ginon ,
Je s'rans tortus contens, l'jo qu't'épous'rés Fanchon :
Quand je s'rans enteur nos , t'recontrés tes béteilles ;
J'en ouyrans les récits , en vudant queq'boteilles.
J'éveus b'san de t'pâlet bien pus qu'è nas pérans.
En étendant let nace , allans r'treuvet nas gens.

Les vale to les dous au mitan de let danse ;
Et sitout qu'on les wouet , let musique commence.

Marice éva Ginon dansent lo menuet,
Let sauteuse, let valse et même lo pess'-pied.
Val lo bâle en tréhin, Chalat surtout gigatte ;
En jambliant d'tos cotés, et r'levant set queulatte,
Lo pour nat n'sévent oüa, çou qu'on li reserveut,
Set tête ateut perdaoue et trap sovant boveut.
Aussé l'et-on choisi po l'dindon de let ferce
Qu'in mandit guernement què ç'let sovent s'exerce,
Deveut li jouet pè nut, por émusiet chéquin,
En mattant édreut'ment d'let drague dans so vin.
L'ateut près de menut', et les gens d'let meusique
Atint saôus d'far'dansiet, et let mointié d'let clique
Dreumeut dans les queugnats, tot com dans in boin lit.
Chan que les wouet en let, tout auss'tout lous-y dit :
L'at temps de se r'tiriet, i fret jo d'main, j'espère,
Je pourrans recommenciet : lo repos at nécessairè.
Beilleume vas bessons, vas haubois, vas vialons,
Je les mattras lès-haut, po n'awouet point d'gugnons.
Il les prend tot auss'tot et les poute en let chambe
Où d'veut couchet Gliaudat, et s'fei qu'n'ateume ingambe.
En même tems tot chéquin r'guégnieut l'euch' de d'vant.
On s'en va tot chantant, maugré let pliauve et l'vent.
J'to couch'reus beun tosset, mo bon émin Marice ;
Mas te connas les gens i n'manquent-mé d'malice,
V'eveus râjon, Heurlin, je m'en r'torne cheu nos ;
Bonne nut tant qu'v'ateus, demain je s'ras d'lés vos.
Vos couch'reus éva met, dit Chan è Lécornaye.
Déjet les dous Pouarés enfilint let degraye,
Por guégniet l'kébinet, ous' qu'atint les bessons.
L'atint saôuls tos les dous, tot comm' des p'tits cachons.
Y faut conv'nin, cosin, dit Pierrat Lécornaye,
Qu'auj'd'hu v'eveus pesset, eune fière jornaye.
Je n'compteum', repond-y, que j'éreus tant d'pliaji ;
Mas drès qu'j'a vu Marice, austout j'm'a j'enjaï,
Je n'mo doteut de rien, réplique Lécornaye :
Fanchon et coichet ç'let en fome espermentaye.
J'ateus, dit Chan Heurlin, d'peus long-temps dans lo s'cret.
Ginon couche éva leye, allans d'va nat' cheuvet.

Déjè chéquin dreumeut de somme et de fétigue ,
Que Chalat so r'moueut , dans s'lit danseut let gigue ,
Ce n'ateume de pliaji , mas d'aouet bu don vin
Dragué pet lo chnèpan, que le trateut d'émin :
Les vents dans ses boyaux feyint l'treyin don diale ,
Set boche ne rendeut qu'des sons que t'nint don rale ,
Maugré lu tot soffrant , l'a forcé d'se r'leuvet ,
Et de s'mâtte en bréyant sus l'pât po n'point creuvet ;
Mas , queu guignon por lu ! let l'mire ateut tindaoue ,
Il éreut volu boire , et n'poveut treuvet d'aoue.
Dix fois pendant let nut follut en fare austant.
Comment donc qu'il est fat ? l'pat n'ateume essés grand ,
Diret-on , c'let n'so pieume : écouteus , j'vas vo l'dire :
Veus l'creureus si v'voleus, veus poveus même en rire.
V'séveus que dans zout' chambre atint les instrumens ,
Po les mate è l'abri des coups des eccidens.
L'atint beun', si Chalat , tot au long d'let nutaye ,
N'éveum' de c'que v'séveus , mis près d'eune cherraye ;
Lo pour diale è non gote , et n'merchant qu'è tâtons ,
Eveut rempli let basse et let boîte aux vialons.
L'en éveut mins pertot , jusque j'zos let cheumnaye ;
L'ateut têlment rendu qu'i ne poveut pus haye.
Etendu d'sus l'plianchi , meurant , jetant des cris ,
Qui v'érint , j'en sus chur , maugré vos , étendris.
Chalat , l'fliarant Chalat , enfin renvaill' so père.
Qu'as' que t'vieux , li dit-y , pâle , je t'lo vra quère.
Ah ! père je n'en pieux pus ; j'vas pet bèche et pet haut ,
Li r'pond so hechrou d'fei ; j'n'a point d'aoue , y m'en faut :
Leuveuve , si v'poveux , tâcheus d'ampanr' let l'mire ;
Veus veureus comm' je sus , je n'séreus mieux vos dire.
Lo père tot auss'tout , so jette é bèch' don lit ;
Pénés bettans y vieut fare c'que s'fei li dit ;
Et po treuvet don fu , va dreut è let cheumnaye.
Mat let main dans let cende , et l'en r'tir' berbolliaye.
Qué diale as-que t'est fat? c'nam' morguié don pérus ,
Ç'nam' de l'oule , çolet , et c'nam' des r'nads non pus.
Ma j'éra bei freugliet , dit Gliaudat , j'peds met poine ;
Remattannes dans l'lit , prends met main que j't'y moine.

Je n'demande mé mieux, mas je gàt'rans les drès.
Viens tojos dit so père, on les chaouret éprès.
Les vale dans zous creps, s'érangeant comme y peuillent,
Et comm' des p'chés repus, les vàle que ronfeuillent.
Mas, ce n'sram' po long-tems ; déjet chanteut l'alouatte,
Et let caille des prés feyent jet : *quoil-quoilate*,
Les guéchons de let nace et les j'ioux de vialons
Renvaillint tot chéquin , chantant d'vant des maujons,
Bientout cheux Chan Heurlin val' let bande érivaye ,
Tot chéquin de boquets éveut eune fouaye.
Les bacelles de chute entreurent su zous pès ,
Esperant de dansiet, l'ont quittet zous drès.
On érive è les chambe , ous' qu'ateut let meusique.
Qu'as qu'on wouet en entrant! qu'as qu'on sent dit let clique?

On éprache don lit , où ronfiint les Poarés ,
Bozrés de c'que v'seveus, fats comm' des déterrés
Y n'faum' les renvaillet, dit lo pus raisonnabe ;
Perneus basse et violons, fouyans s'at préférabe.
D'qué coté qu'on s'torneusse, on treuve don borbié ,
On at dans les ouétenne , on n'sait ou mat' lo pié,
Val lot m'liou meusicien, en peurnant son effare ,
Que treuve dans ses basse in emploi que n'am'rare ,
Que n'senteum' lo mirguet, ni l'thin , ni l'romarin ,
On n'y poveut tochet, qu'on n'en eveusse in brin.
Lo j'iou d'vialon è sto , que foch'neut comme quouête ,
En jeutant tot fauché son vialon dans sa boîte
Fat jeillit d'in seul couq tortot çou qu'ateu d'dans.
Ainsi que de let pliaoue au nez des essistans.
Po se déberbolliet on deuchant let dugraye
Let bande en c'bei moment ateut comme enreijaye.

Ou diale as-que valeus dit let mère Ginon.
D'où veneuves tortus v'empoijneus let maujon.
J'allans , dit l'inq' de zous au mitan d'nat'véleige,
Chaouet tous nos hébits, et nos n'atti's lot v'zeige.
Po sawouet c'que j'évans y n'faum' matt' le nez d'sus ;
On sent c'let d'essés long, d'auj'd'hu je n'verans pus.

I n'atinmes pertis que Chan et Lécornaye
Veignent près de Ginon , qu'ateut tote étonnaye
De c'qu'elle éveut ouï de tortos les guéchons ;
Les val échtoméquiés de totes ses rajons ;
Et po s'instruire è fond , y r'montent let deugraye ,
Que condut è let chambe , ous'qu'ateut let malaye.
Il y senteut si boin , qu'y r'veignent sus zous pès ,
Léyant les dous Pouarés endreumis dans zous drès
On n'pieut t'ni dans let chambe austant qu'lateut fliarouse ;
Mas C'n'ateum' lo mament d'en recherchet les couses ,
I récontent l'effare è let bonne Ginon ,
Pendant qu'elle éprateut de tot s'quieur lo d'junon.
Marice érive austout , tot austout on l'embrasse ;
Et chéquin l'enteurtient de set belle metrasse.
Si-tout , dit Chan Heurlin , que Fanchon s'ret sus piés ,
Je t'répons , cher émin , que v's'reus tis dous mériés.
Si t'vieus leur veur demain , j'to condura dlé leye.
Je creus que tos les dous v'en éveus beune enveye.
Dàs que j's'rans d'berressés des hech'rous de Pouaré ,
J'm'occupra d'nat effare et vra veur nat' queuré.
Evant qui seut in mois , te s'rés po chur nat' genre.
Je s'rans tortus hagroux , y m'ta fout de l'épanre.

    Ç'ateut po l'bé Marice , in bien bé compliment ,
Aussé routant s'chèpé , fat-y r'remercîment.

    Je sus j'creus è let fin don récit de mes bruilles ;
Je l'a fat po les gens , que n'ont point de scrupules.
Je poureus beun iqua prolonget mo discours ,
Vos dire que pet bruille , on entend les écours ;
Que Gliaudat et Chalat , aus'bien que Lécornaye
Sont r'tornés è Vani dans let même jonaye ;
Que l'mériège et l'bétome ont chu de prés l'fechtin ;
Qu'on en et fat in s'gond cheu lo boin Chan Heurlin ;
Qu'è Péris comme è Metz , tot pertot , même au v'leige ,
On net vu de let veye in aussé chermant m'neige.
Comme mé , j'en sus chur , veus séveus tortot c'let.
Et que l'Ciel é béni ces dous janes gens-let.

Si j'jaseus pu long-temps, je v'enayreux sans dote ;
Je n'vieume lo risquet, je sais trap c'qu'il en cote.
Si je n'vame émusiés, je v'préviens que j'men ris ;
Si j'a dit c'que j'séveus j'la fat po mes pliajis.
Condujeuves tortus comme lo bei Marice ;
Veus s'reus considérés, et v'n'éreus point de malice.
Comme è lu je sohâte é chéque boin guéchon ,
In brax' comm' so galant è totes les bacelles ,
Qu'éront de let doceur et qu's'ront tojos fiddelles.

FIN.

LO BÈTOMME

DON P'TIAT FEI

DE

CHAN HEURLIN,

DE VREUMIN,

PAR D. MÒRY, DE METZ.

APPENDICE AU POÈME EN SEPT CHANTS.

NANCY, IMPRIMERIE DE L. VINCENOT,
Grande-Rue (Ville-Vieille), 11.

LO BÈTOMME

DON P'TIAT FEI

DE

CHAN HEURLIN.

Let chermante Fanchon è poine ateut r'levaye,
Que fière comme in pan de set bèle covaye,
Elle pense qu'il faut bétièt so p'tiat guéch'nat,
Qu'set mère s'ret maraine éva l'rossiau Chalat,
Qu'et pramis que s'filleul éreut son héritége,
Et qu'po li far' don bien , i r'nonceut au mériège.
Tot en ravant è ç'lèt el' féyeut quésanciet
So draliet nourrisson qu'ateut beun' renvailliet ;
I n'éveut oua qu'in mois , ou tot au pus chix s'maines
Qu' l'ateut gai comme in moine en féyant des fredaines ;
Fanchon è tot instant n'féyeut que l'rembressiet,
Lo bajent tot pertot , li beilleut è tassiet ;
Lo gueillard nut et jo boveut ses dous boteilles ,
Ce n'ateum', comme on sait , don boin jus de nas treilles ;
Ce n'ateume non pus don via de Jurançon
Qu'Henri-quouète e sayé sans farc de féçon..... ;
D'in bei guéchon enlet set mère ateut gliariouse ,
C'ateut l'afant d'lamor, aussel'ateut ogrouse ,
El' ne l'éreum beillet po l'pus grous hérit'ment ,
I féyeut so bonheur, set jouye et s'n égrément.
Aussè fulleut let veur comme elle ateut pliajante ,
Aimabe éva tot l'monde , et tojos qkéressante ;

Don père de s'na'fant chéquin ateut jalòux,
Lo bei Marice ateut let perle des époux ;
L'éveut austant d'émor que l'éveut de coreige :
Dàs l'métin, ch'què let nut, il ateut è l'ovreige ;
Jémas ne s'dérangeut, l'éveut trap d'sentimens,
Set fomme et s' p'tiat guéchon, val ses divertis'mens :
Dans tos les environs on vanteut zout' meneige,
Tant let vertu pertot ait dreut è nat' homméige !
Lo dieumanche quant l'alint évau permi les champs,
L'atint dans tot lo v'leige édmiriés pé les gens ;
Tot le monde correut, homme, fomme, bacelle,
Chéquin d'jeut de Fanchon : ah ! mon Dieu, que l'at belle !
Qu'lèt bonne mine enlet, s'p'tiat mermat d'sus les brès,
L'inq po l'aute, on direut qu'l'ont étu fats exprès ;
Rouateus les bel's coleurs, l'èt blanchout de s'véseige,
On wouèt beun qu'en tot tems elle et étu beun' seige :
L'at vra qu'Marice ateut in brauve et boin guéchon,
Qui se s'reut putout touè que d'trompét set Fanchon ;
Mas portant i poveut, quand l'ateut è let guerre,
Receur in coup d'quènon qui l'éreut j'tè sus terre,
Let pour' nate eût étu rédute è so guèch'nat,
Trap agrouse de panre et d'éposèt Chalat.....
Si je pâle de ç'let, ce n'ame pè mâlice,
Dejeut let fomme è Paul, et j'l'i rends beun' jeustice :
Eh ! que frint donc sàns ç'let les vaves, les afans,
Si l'on les délaisseut è let merci des gens ?
Ah ! combeun on en wouet que l'on prend po becelles !
Lo pus fin n'y wouet gotte et les creut des pucelles ;
S'let n'fat rien è l'effare, et qué n'sait rien, n'dit rien,
Et lo m'neige è let fin n'en vam' sovent moins bien.
    Au v'leige comme en velle on fat d'let meudisance,
Ç'at l'pes'tems des envioux, ç'a l'pliaji d'let vengance ;
Aussè Fanchon pesseut pè let langue des gens,
Comme on fat en coichatte en palant des ebsens ;
Les fommes de dépit atint surtout jélouses
De let veur dans lo rang des pus doces épouses ;
L'endialint de n'poveur li treuvèt queuq' deffaut :
« Elle ateut trap beun'-mise, et lo porteut trap haut ;
« In jupon de tef'tès n'ateume fat por léye. »
Tortot ce qu'elle éveut lous y féyeut envéye :
« Ç'ateut so bei bonnat et so bei vantérien,
« Ç'ateut ses fins solets qui let chaussint si bien ;
« S'mocha senteut per trap let dème, ou let grisette,
« Il ateut per trop reiche, aus'bien qu'se chemisette ;

« Son homme n'ateut rien que le fei d'in merchaux,
« Ce n'azum' le Pérou po far' lo god'luriaux ;
« On creureut, è lo veur, qu'lat lo seigneur don v'leige,
« Et bientout au motin l'éret com' lu so siége..... »
     Au mitan d'ces gens lét que creutiquint Fanchon,
Se treuveut per héza let mère Babichon :
Tot è coup an l'entend que crie et se demoine,
Que dit è tet l'quouarail : « Porquè v'beillet tant d'poine
« Po décheuriet des gens qui ne vos font point d'mau ?
« Veus mériterins beun' qu'on v'beilleus' sus l'musieau ;
« C'ment ouseuves pâlet de mè bonne coseine ?
« Si veus n'coujeum's bientout vate indeigne berdaine,
« V'éreus effare è mè, je v'cliaoura l'paroli,
« J'a let pogné iqua ferme et ç'let ne fremme in pli. »
     « Qu'as'que veus berbollieus ? » répond eune bacelle ;
« Rentreus vîte cheux vos, vieille simpiternelle,
« On n'vos craint oüa tossèt, alleus vos j'tè sus l'lit,
« Veus senteus le rogome, et vat' teint se rajit..... »
     L'allint se panre aux crins, quand l'père è let bacelle
Li flianque in boin chofflia po framet lét queurélle.....
Ç'at enlet bien sovent que le quouarail finit ;
On s'pique, on boit, on s'bèt, et chéquin va dans s'lit.
     Tortot ç'let nos fat veur qu'eune fomme angelique,
N'at dans aucun endreut è l'ébri d'let critique :
Fanchon ne s'en doteume et s'condujeut si bien,
Que pertot elle éreut treuvet queuq'boin sotien ;
Tot chéquin en tot tems s'empresseut de li pliare,
Marice ateut surtot son ange tutélare.....,
     In jo donc qui d'junint éva l'boin Chan Heurlin,
Bovint don vin d'l'ennaye et meinjint don gayn,
Fanchon vient les treuvet et près de zous so r'pouse,
Dandinant so guéch'nat, et chantant l'endremouse :
Ce gueillard let, dit Chan, tè beillé don tintoin ?
Nian, déjè, r'pond-elle ; aussè j'en a beun' soin ;
Je m'plias è l'darlatèt tot au long d'let jounaye
Por qu'il seut endreumi pendant tot' let nutaye ;
Ç'at por vos palet d'lu que veus m'woyeus tosset,
Veus roublieus s'bétomme et j'viens v'y far' penset.....
     — L'at, mé foi, tems, dit Chan, et t'es rajon, mè chere,
Y faut que dès aujd'hu j'en paleusse è tè mère,
Je fisqu'rans lo mament por en preuv'nin Chalat,
Let d'mandet d'et' parrain, ç'ateut portant mo lat ;
Mas aussé j'eusper' benn' qu'i tienrèt sè promasse ;
Lo bien qui t'è pramis ne t'fraem roulié carasse ;

Mas éva l'çou qu'lérés, et qu'Marice y joindrèt,
Veus s'reus, morbieu, ti dous, in couple qu'on cit'rèt.
   — Ah! mon Dieu, j'n'en pes'rans si n'tienme è set pérale,
J'a des brès, Dieu merci, dès auj'd'hu j'm'en consale,
Dit Marice.è Heurlin ; je n'vieum' palet de ç'let,
J'en évans beun' essés po pléciet ç't'afant lèt....,.
Mas, quand l'diale y s'reut, n'am' qu'a tems d'bette en r'traite,
Veus n'en restr'eum tolèt, te s'reus, jarni, mout bette.
   Fanchon rieut dans sè berbe è ce discours bédin,
Enqua beun' qu'il ateut in tant soit pou malin ;
Rogissant de pudeur, et sans que s'let péresse,
Elle è l'ettention de coichet sà foibliesse :
Sans dote, elle aimeut mieux let chouse que lo mat,
L'émor vieut don mystère et preufer' l'ombre au s'lat.....
   — Père, boveus in coup et palans don bètomme,
V'léveus léyet tolet po couset éva m'n homme ;
Quand penseuv' qu'on pourret far' veni nas pérans ?
Y n'faut point d'étranjis, j'attans beun' essés d'gens.
Je l'creus beun, dit Heurlin ! éh beun, ce s'rèt dieumanche,
Si Ginon l'vieut portant, au bérou j'mattra l'anche,
Et je boirans tortus d'boin quieur è tè santé,
E celle de Marice et d'vat' afant gâté ;
I l's'rèt, mé foi, j'en r'ponds, t'eu as déjè si falle,
I t'frèt sovent daunet, j't'en beille mè péralle :
Éva tos les preumins on n'en fame auteurment ;
Des m'lioux mères, pè fois, les guéch'nais font l'tourment.
   Pendant qui guésollint, vaç' Ginon que s'preusente,
Lo v'seige tot riant, tant elle ateut contente,
V'ériveus tot è point, li dit lo père Heurlin,
V'leuves po déjunèt panre in ouère de vin ?
V'n'en éveumes trap por vos, merci, r'pond-elle è s'n homme;
Lo m'liou vin n'at jémas lo d'junon d'eune fomme.....
Qu'asque v'recontins donc de ç'peus qu'vateus tolet ?
Palinves don bètomme , il faut sonjèt è ç'let ;
Je voureus le saouet, y faut que ç'let finisse,
Deucidans-le è preusent, lo mament at prapice.
   Eh ! beun, reprend Heurlin, i n'faum' tant dè féçon,
J'a propousié l'dieumanche, i convient è Fanchon,
Je creus qu'on n'pieut mieux far' ç'let nos convient è tos,
Ç'let n'dérange péchoune et ç'at in jo de r'pos;
Demain j'vra veur nat' prête, èfin qui s'prépéreuse,
Comme i faut qu'chéquin d'nos po l'moment s'éprateuse :
I faut, si v'men créyeus, far' çolet dà l'métin,
Ine houre évant let masse on s'rendret au motin ;

J'évaus don tems d'vant nos po fare nas invites,
Po preuv'ni le parrain et fare nas visites,
Por envayèt è Metz charchet tot c'qui faurèt,
Des pois d'seuq' tant et pus, mas qui'as qui les éch'tret?
  Ne v'en inquièteur'mè, dit Marice è s'beau-père,
J'a dans Metz in émi bien franc et bien sincère,
Qui f'rèt beun vat'empliette et qu'l'epotrèt cheux vos,
Aus'bien j'léreus prièt d'vni dinèt éva nos;
Il en frèt, tot jayoux, de boin quieur lo vayege,
Je n'a pu l'allet veur depeus l'jo d'nat mériège;
Fanchon qui lo connat sait qu'ç'at in boin guéchon,
Compliajant, obligeant, qui n'ame in guerluchon;
S'aleut beun' maugré mè qui n'ateume è let nace,
L'y s'reut n'ni tot péré sans awouèt bézan d'carasse.....
  Mas j'y pense seul'ment, v'n'ateum's iqua mériés,
Dit Ginon tot è coup, vas bans n'somm's peubliès;
V'l'ateus pè d'vant natare, as essós, je n'lo creumes?
Let religion vieut pus, as'que veus n'lo séveumes?
Si l'on n'vame au motin, j'm'en penras è Fanchon,
Et p'tet' bern' que l'queuré n'vourèm bétié s'guéchon:
  I n'pourreut s'y r'fusèt, repond austout Marice,
I n'lo frème non pus, aus'bien ç'at s'beunéfice;
Mas portant si n'faut q'ç'let por vos tranquilisèt,
J'y pes'rans bien v'lanti, je n'vieum' vos ébusèt;
Lo mériège et l'bètomm' se f'ront évant l'ouffice,
In quart d'houre de pus n'am in grand sécrifice;
J'li dira de s'hâtet po v'ni dinet cheux vos,
I n'boudrem', j'en r'ponds, quand y s'ret éva nos;
Et set poine en tot quès li s'ret beune péaye,
E tauille y s'rèt content de sè bonne jonaye.
  Tortot v'rèt beun' enlet, viv' les gens qu'ont d'l'esprit!
Éva les gens qu'sont francs, on n'em' bezan d'écrit,
Dit let mère Ginon, dont ç'let fliôteut l'araille.....
J'aleus, j'creus, m'endreumi, mas c't'effar'-let m'renvaille;
Faut è ç't'hour' que j'penseusse è c'qui faut po d'junet;
Reupouseuv's sur mè, n'aleur' mè m'téquinèt,
Je r'ponds qu'tot vrèt beun, porvu qu'on m'léyeus' fare,
J'épratra tot c'qui faut; lo reiche at vate effare!
  Mas, qu'as'que t'fas tolet? dit-elle è sè Fanchon,
To v'let tot endreumaye aus'bien que t'p'tiat guéchon;
V'ètans lo p'tèt dans s'lit i l'y s'ret pus è s'n aje;
Lo pour' nat, com' l'at bé! l'at mardi, tot en nage;
Allans n'zens tos les treuch', et léyans les chépés,
Y n'faum' les déranjôt quand y sont ouccupés.....

Prends ouad' de renvaillet s'te chère créature,
Pus j'let rouate et pus j'mouès que ç'a té portraiture :
Fanchon s'leuv' è l'instant et va p'tet dessus s'lit,
Lo tenre oubjet d'ses soins qu'elle édoure et chérit.....
   Pendant qu'j'atans nas dous, dit Heurlin è Marice,
Des gens que j'invitrans y nos faut far' let lisse,
Te l'écrirès mieux qu'mè, pusque t'ateus forier,
J'a dans m'tiran tossé des plieumes, don paupier,
J'vas te dictet les noms, j'n'en vieume eune fonaye :
Val de l'encre, écris donc : « Les Pouarés, Lécornaye,
« Nat' grand onclin Ghaudat, l'Aubeurtin de Vani,
« L'cosin François de Metz, et surtôt t'boin émi :
« Lo Crasse de Cheubi, m'pus ancien quémèrade
« Qu'i n'fat d'in pat de vin qu'in trat, qu'eune résade ;
« S'at in boin compeignon que tojos chante et rit,
« Que meinge comme quouète et d'mar' sus s'n aupétit. »
   Mas ç'let n'am' beun' enlet, i nos faurent des fommes,
Sans ç'let les m'lioux fechtins ne sont rien po les hommes,
Ç'let renjaye let tauille ous'qu'on aime è causet ;
Matans z'y queuqu'coseine, i n'en faut po jaset :
Écrivans aux cosins de ne point v'ni sans léyes,
Que j'pérans les vialons, porvu qu'el's sint coréyes.
   S'name essés, dit Marice, i faut quà des dansous,
Por énimèt let danse ét fare in pou les foux :
Oh ! répond Chan Heurlin, j'en treuv'rans dans lo v'leige
Pus qu'i nos en faudret, pertot dans cheq' meneige ;
Mas je n'les vieume évant que j'névins' déjunèt,
Et s'ils nos font trap d'brut, je les ches'ra tot net.....
   Ç'at fini, j'creus, Marice, è s'thoure i faut des lattes
Po chéquin d'ces gens lèt ; drès qu'elles séront prattes,
J'les envay'ra cheux zous ; j'creus qui s'ront mout contens :
Po s'épratèt tortus l'èront, mè foi, grand tems :
N'faume oubliet t'n'émi, je n'sais comment qu'on l'hoüye ;
Ç'at Freumin, dit Marice, i n'émoin'ret let jouye ;
Demain drès lo métin i r'ceuvrèt mon esprès,
Et dieumanche au s'lat l'vant, veus l'veureus dans mes brès ;
J'n'évans rien r'oubliet ? J'creus, retonnans è l'ouvreige,
Allons, père, alans n'z'en, je m'sens tot plien d'coreige.
   Drès l'sem'di chuvant tot les gens convaqués
Érivent sus des chés tot remplis de boquets ;
Les fommes, les bacel's atint com' des poupayes,
Les peutes, com' les bel's atint d'même pérayes ;
Les guéchons sus zous ch'vaux féyint cliaquet zous fouès,
Com' l'évint déjà fat è let preumire fois :

V'érins dit que l'ermaye ériveut dans lo v'leige,
Tant les chés guernis d'peille atint chergés d'bègueje;
Au tréhin qu's'let féyeut, tortos les hébitans
Atint au-d'vant d'zous heuch's po veur les érivans.
  Dessus l'pus bei des chés on woyeut Lécornaye,
Enteur les dous Pouarés chergés d'eune fonnaye
De boquets, de ribans jusqué d'sus zous chèpés,
Riant tot com' des foux dès prijons échèpés;
Ç'ateut pis qu'au fechtin qu'lévint fat l'jo d'let nace;
Ce jo lèt, po rajon, on n'et point chantet d'masse;
Fanchon, let pour' Fanchon, ateut dans l'embérès,
Elle ateut dedans s'lit t'nant s'guéch'nat dans ses brès.
  Au lagis d'Chan Heurlin tos les gens vont se rende,
On époute des chirs por les adiet è d'chende;
Chalat v'lant lo preumin cheux lo so preusentèt,
Eprès s'ché so treupéchant at austout queulbutèt.
On corre, on le sotient tot prat d'heur en foibliesse,
I n'éveut rien d'cassèt, seulement l'ateut baquesse;
I fat, en s'dégralant, c'qui pieut po so r'drassièt:
Val let doleur qué s'pesse, et j'n'a qu'in pou mau l'pied.
Merci tortus cent fois, j'n'am' bezan qu'on m'adieusse,
J'm'en vra beun'tot per' mè, n'faum' que je vos géneusse:
Les fom's en héch' dés chés sautint com' des quèbris,
Et d'crinte de let pliouv' s'en vont s'maté è l'ébris.
  Les v'let tortus rentrèts, lot chambe en ateut pliène,
V'érint dit des lépins grouillant dans zout' guéirène;
Tant qui zatint tortus l'évint bón auppétit,
Et po pleur les couchet, y falleut pus d'in lit.
Ginon qu'éveut por zous prépérèt don frameige,
Des ieufs, in grous jambon, même iqua don pateige,
Les enguaige tortus è sopèt sans féçon;
Ç'at maigue aujd'hu, dit-elle, et j'n'évans point de p'chon:
Veus v'en pés'reus, si v'pliat, demain j'frans mieux les chouses.
Les fomm' répond'nt austout, j'natam's scrupulousès,
V'éveus pus qu'i nos faut por bien nos reugalet,
J'n'en évam' tant cheux nos que v'en éveus tolet:
Po nos couchèt tortus veus s'reus embéréssaye,
Mas po n'point vos gênet, mateus nat' essemblaye
Dans vat' chambe enhaut, v'éveus don train tósset;
Linq è cotier de l'aute on s'mattrèt sans s'presset......
Oh! oh! reprend Ginon, v'nateum's tortos des popes,
Et j'creus qu'i n'am' preudant d'mat' lo fu prach' dés topes.
Bah! bas! dit Lécornaye, as'qué l'on pense è ç'lèt?
Mateus nos y tojos, j's'rans tortus beun' tolet;

Féyeus y p'tèt bien vit' cing ou chix bat' de peille,
Et je n'cavrans austout nérangèt veil' que veille.
Sitout dit, sitout fat; chéquin ayant bien bu,
On s'souhate, en chantant, en riant, bonne nu.....
En tot bien, tot honneur : si l'on en creut les fommes,
L'ont pesset c'te nut let fourt contentes des hommes.
Lo dieumanche érivèt qu'ateut lo lendemain,
Ç'ateut lo grand, l'bei jo por lo dalant parrain ;
Let marraine Ginon dà l'métin ateut pratte,
L'éveut mis s'bei bonnat et sè pus beile katte,
So grand mochu hradèt et s'roge vantérien,
L'éveut l'ar d'eun' bacel' tant set mise ateut bien :
Fanchon, let jouye au quieur et tojas pus aimabe,
Brilleut tot com' lo s'lat, comme in ange édourabe ;
Dans ses dous beis grands œils on woyeut s'content'ment,
Et d'pliaji tos les gens li féyint complimént ;
De set belle main hlianche elle belliêut don myrthe
E tos les essistans, tortus gens de mérite,
Por zous l'éveut aussé praupérèt des ribans ;
Tortus s'en sont pérès, ç'ateut com' des galans ;
L'en évint aux chépés que fayint let coronne,
L'en évint devant zous qu'évint, j'creus, beun' ine aune.
    Po beillet des boquets, lo boin, lo brauve Heurlin,
Éveut, drès l'point don jo, d'upolliet so jédin.....
Ateuves tortus prais, dit-il è l'essembliaye ?
N'allanr's mè nos brouillet, ni fare eune creuaye :
Woyans, j'attans dich'-sept, i nos manque Fremin,
I d'veut éte cheux nos auj'd'hu de grand métin ;
I n'darem, dit Marice, y vinret po let mace.....
Teneus, en palant d'lu, j'creus, méfoi, que lo vace.
Au même instant l'érivè éva lo seq' au dous :
« Evant d'entret, dit-i, j'a pris in pou de r'pous ; »
J'évans qua don tems d'rech', répond s'n émi Marice,
Essieute to tolet, et route tè valice,
Je pense que t'ès d'dans tortot c'que j'a d'mandet ?
Que t'nès rien roubliet de paoüc d'êt' grondet :
T'en as, méfoi, bien chur, dit Fremin ; les dreujayes
I faut, r'pond Chan Heurlin, les beillet au parrain,
Et que d'vant tos les gens i les j'teusse è plien' main.....
V'ni penseume's, dit Chalat, ne su-je mè lo compère ?
S'at let moude, je creus, qu'j'en beille è mè commére ;
J'en a plien eun' grand boite, et j'vas vos les cptèt,
J s'rint déjà d'vant vos, si j'n'éveum' queulbutet.
    Dans in queugniat d'let chambe, en r'levant sè queulatte.

I s'en va lot austot retrouvèt set quessatte ;
Et l'époute en jambliant au bei mitan des gens ;
J'a let clié dans mè malle, et valeus veur' c'qu'at d'dans,
Dit lot bénèt Chalat ; valeus veur' si j'sûs bête,
Si j'sais c'que s'at de vive, et si j'n'âme de let tête :
Rouateus lo bei boquet por mè commér' Ginon,
Val des pois d'seuq bien fins d'què remplit so giron ;
Val aussé po m'filleul in bei drépé d'mos'line,
Val in Bonnat d'denteul' qu'et, mé foi, bon' mine ;
Valeus veur que c'jo-cet j'n'ame oubliet Fanchon :
Val in bei grous pain d'seuq que vaut beuu in jambon,
Val in mochu bradèt que deurret des ennayes,
Val po beillet aux gens dous grous seqs de dréjeayes.
En v'let-i, mes émins, je n'sume in parrain d'bous,
Com' veus l'woyeus tortus ; en treuv'reuyes des n' lious.
Nian, mè foi, dit Henrlin, mas t'ès trap fat d'deupense,
Je n'sais c'ment que j'pourans t'en beillet reucompense :
J'n'en vieum' d'aut' que l'pliaji de v'far' tortus contens,
R'pond Chalat, j'v'aime austant qu'si v'atins d'mes pérans,

Mardi j'ni pieus pa t'nia, i faut que j't'embresseusae,
Dit Ginon, qu'èva tè dès auj'd'hu je danseusae.....

Chéquin au boin Chalat feyeut des complimens
Sus s'boin quieur, ses preusents et ses bêts sentimens.

Pendant qui s'quéjalint val let masse que senne ;
Eprateuv's, dit Heurlin, et parrain et marraine,
Houyeus let seige fomme..... Ah ! let val qu'at tolet,
Ayeus soin de nat' Jau, qui seut beun env'lapet.

Mas je n'wouem' tossel let portoûse d'auguire !
Sia, sia ! let val aussét qu'at tojos pratte è rire.....

Ne v'préseur' mè tant, dit let belle Fanchon,
Lo darnièt coup n'am' s'nè, n'faum' renvaillet m' guéchon ;
Allons tot docèt'ment, qu'en peuseuves, Marice ?
Ç'at vra, r'pond-î, sans nos on n'commens' rem' l'office.

Écouteus, r'prend Heurlin, veus n'direum's que non,
Val les cliaches déjè que font zout' quérillon ;
Pertans en rang d'ignions, et merchans en silence,
N'faume allet au motin comme on core è let danse.

Val mes gens devant l'heuche ; on n'les em' putout vus,
Que tortot dans lo v'leige ateut sens d'zos dessus ;
Hommes, fommes, afans atint devant zout' poûte,
Queurioux d'veur l'essembliaye, et tortus eu déroûte ;
Tortot ateut en branle et les cliach's et les gens,

Les boites , les vialons , et tos les instrumens :
Ç'ateut in quérillon qu'éreut fat sauvet l'diale ,
Fanchon , let pour' Fanchon en ateut qu'osi pâle.
   On enteur' au motîn dévat'ment sans dir' mat ,
Dezos l'drep des mériets on mat lo p'tiat guèch'nat ;
Por zous éva ferveur, de boin quieur chéquin prie ,
Et l'queuré tot austout fat let çarimonie :
Let preumir' bacelle et lo preumier guéchon
Ont quètèt tous les dous po les pour's don canton :
Les mèriéts , les témoins ayant fat c'qui faut fare ,
Signièt d'sus lo reugite , et çolet sans natare ,
Remerciet l'queuré , péyèt tos les chalans
Que v'tormentèut tolet com' des poures mendians ;
Lo parrain , let marraine et tos les gens d'let nace ,
Au lajis d'Chan Heurlin s'en r'vont éprès let masse.
Ç'at tossè qui faut veur tot lo v'leige ébaubi ;
Por awouet des pois d'seuq , on n'houyeut pus qu'in cri ;
Chan Heurlin de s'côté , lo parrain Chalat d'l'aute ,
En jeutint è pogniaye et n's'en féyint point faute ;
Les cliaches , les vialons , tortut ateut en l'ar ,
Et les boites surtot ressanint au tonnar !
Ouyes , cainards , dindons se mâlint è let fète ,
Lès jaux chantint si haut qui vos rompint let tète ;
Les veiches , lo woiré , les chins et les motons ,
Jépint , gueulint tortus pus fout que des ânons.
On entendeut pertot au mitan d'let malaye ,
Viv' Marice et Fanchon ! viv' let belle mériaye !
Chéquin rendeut homeige è totes ses vertus ;
Heurlin n'éreum beillet ç'jo-let por cent écus.
Aux gens qu'atint d'vant l'heuch' y jeut' qua des dreujayes ,
Des dobes tant è pus , et tojes pè pogniayes ;
On r'commence è criet , viv' lo boin Chan Heurlin !
Lo boin Dieu bénirèt lo bètomme et l'fechtin.
En rentrant dans let chambe éva tot' l'essembliaye ,
Ç'at let moude , dit-i , d'rembressiet let mériaye
Et lo mérièt tot d'même , aussé j'vas commenciet :
Chéquin en l'émitant ne se fame priet ;
Chalat s'évance austout et tire de set malle
In grand paupier timbré , témoin de set péralle ;
Val , dit-il è Fanchon , lo m'liou de mes preusans ,
J'a dit qu'je me rouateus tot com' de vas pérans ,
J'a pramis que m'filleul éreut mon héritége ,
I l'érèt éprès mè sans pracès , ni perteige ;

J'restra tojos guéchon, si veus v'leus l'exceptèt,
Je n'vieus qu' vat'émitié por prix de ç'contrel-lèt.....
    Je n'soffrirans jémas ia pérail seucrifice,
J'n'iram vos deupolliet, li r'pond austout Marice.
S'nam' çolet, r'prend Chalat, si j'li beille mo bien,
J'men reuserve let rente ; éprès j'n'a b'zan de rien :
Que v'en sane tortus ? paleus donc, Lécornaye,
Ç'let n'atim' beun enlet, ou faje eune crouaye?
I r'pond qu'on n'pieut mieux fare, et qu'è palet franch'ment,
In ébandon enlet vaut mieux qu'in testament.
Eh ! beun', reuprend Fanchon, j'except'ra de vat' grace
Po vat' peutiat filleul lo contrèt d'vat' promasse,
Et quand i s'rèt d'vnin grand y v'en remerciret,
Et d'vat' belle ection lo ciel vos r'compens'ret.
    Chalat s'wouèt épliaudi pè tot' let compeignièye,
On li fat compliment, on l'embresse è l'envèye ;
Il en bréyeut de jouye et n'poleut r'ponde in mat ;
Fanchon crèyaut l'quelmèt li poute so guèch'nat :
Bah ! ç'ateut iqua pis ; v'let qu'i so r'met è brare,
Qu'i rembres' so filleul et qu'i n'sait comment fare
Po l'quèressèt, l'bajiet, lo r'tonnet d'cent féçons,
I n'poveut so lasset, n'écouteut point d'rajons :
V'aleus lo renvaillet, li crieut l'essembliaye,
I bréyeut comme in vé qu'on moine è let beuch'raye,
Et n'écouteut péchonne ; aussè l'en è tant fat
Qu'let en lo dandinant renvaillet l'p'tiat guèch'nat :
Ce n's'ret rien, dit Fanchon, j'vas li beillet è boire,
Et drès qui s'redreum'ret, je l'matra dans s'berçoire.
    Elle alleut s'en allet quand ériv' lo queuré,
L'éveut mis sè soutane et son bonnât quarré ;
Eprès tos les séluts, les complimens d'useige,
Chan Heurlin tot content vieut li belliet in siège :
Ce n'am'i let poine ès'thour', on drasse lo dinet,
Dit Ginon, d'peus l'métin j'évans tortus jûnet ;
Allons, monsieux l'queuré, vat' plièce at prépèraye,
Pesseus d'vant, vas berbis vos chuvront, f'ront let haye.
Dans let chambe è coté chéquin s'rend en jasant,
En chantant, en riant et d'pliaji s'éguèssant.
    Si l'on v'leut recontèt tot c'qu'on zè fat è tauille,
Les grous mats qu'on zè dit, comme on zè fat let riaule,
Combien qui zévint d'pliéts, et combien qui zont bu,
I faureut pus d'in jo, mas j'en sus beun' ençu ;
I cheuffit de sawouèt que Fanchon, que Marice,
Chan Heurlin et Ginon et Chalat lo Jocrisse,

Ont tortus t'ni pénale et fat ce qui zont dû,
Qu'è vremin, et in mat, reigne iqua d'let vertu...
    Les lecteurs pensent beun' qu'aus'tout éprès let panse.
Eune si belle fête e fini pè let danse;
Et si de c'que j'a dit i sont tortus contens,
J's'ra péyèt de mè poine et n'regretram' mo tems.

FIN.

LES TRIMAZOS.

A l'époque où l'histoire, racontée dans le poème de Chan Heurlin est arrivée, il existait encore des Trimazos, dont on ne connaît pas l'origine : il paraît que les villageois avaient pour but d'annoncer dans la ville l'arrivée du mois de Mai, et de le célébrer par des danses et des jeux.

Tous les dimanches et les jours des fête, des petites filles de la compagne, de l'âge de 10 à 15 ans, arrivaient à la ville dès le matin, coiffées et parées de fleurs et surtout de rubans, dont leurs robes blanches étaient bariolées : le mot trimazo ferait croire qu'il vient de *trias*, trois, *mazo*, de mazette; car c'est ainsi qu'on appelle, ou qu'on nomme souvent les petites filles. Et en effet, elles se présentaient au milieu des rues au nombre de trois, dont deux dansaient et la troisième chantait; à chaque tour, les danseuses claquaient des mains, et surtout à chaque refrain : lorsqu'elles avaient terminé leur chanson et reçu les liards, ou les sous qu'on leur donnait avec plaisir, elles allaient dans une autre rue suivies de tous les petits enfans qui les avaient entendues. Souvent ces jeunes villageoises étaient accompagnées de petites camarades de leur village qui faisaient chorus dans les trimazos.

Ces usages, quoique bien innocens, se supprimèrent d'eux-mêmes au moment de la révolution ; la franche gaîté était disparue.

TRIMAZOS.

Nos val' au tems des trimazos
Que vont chantèt pè monts, pè vaux ;
Valeus sawouèt tot plien d'novelles
Sus les guéchons, sus les bacelles.
O trimazo !
S'at lo maye, ô mi-maye,
S'at lo jali mois de maye,
S'at lo trimazo !

Veus con'cheus beun' les gens d'Rali ?
S'nam' lo Pérou quand y sont s'ti ;
S'at des querrel's enteur les fommes,
S'at des béteil's enteur les hommes.
O trimazo !

Por in petiât bout de terrin,
Por in peisseige en zout' jédin,
Y vont s'pliodièt tote eune ennaye
Et far' è Metz mainte crouaye.
O trimazo !

Y faut les veur sus les merchés,
Où zous fruts sont tojos r'charchés ;

S'at è qui v'etrèpret l'pus vite;
Por s'en r'tonèt de chute au gite.
      O trimazo !

Y sont gliarioux tot com' des pans,
L'ergent les rend tojos galans;
L'dieumanche y font dansiet zous belles,
S'at lo boin tems po les bacelles.
      O trimazo !

Tos les guèchons dans les cheumins
Sont com' des foux près d'zous quètins;
Et peus quand vient let fin de l'ennaye,
On entend chantet queuq' poupaye.
      O trimazo!

Austout qu'l'on fat queuq' p'tiat grimau,
S'at po zout' compte, ou po l'éptau;
Si d'lèt lajèt, l'en r'font in aute,
Tot en chantant sans brar' zout' faute.
      O trimazo!

S'at pis que l'diale, en tous les tems
Les guéchons sont des guernemens;
S'at des démons, s'name des hommes.
Si s'n'at po far' daunèt les fommes.
      O trimazo !

Mas y n'fraum' creur les meudisans,
Ni les envioux, ni les méchans;
Cheux nos on n'wouème eune bacelle
De doze ans qui ne seut pucelle.
      O trimazo !

J'evans chantet tot c'que j'sévans;
Quias'-qui n'beill'ret po des ribans?
Ce n' s'rem' churment les demoinselles,
Mas les monsieux qu'aim'nt les bacelles.
      O trimazo !

TRIMAZOS.

J'alans v'dire, brauves Messins,
C'que j'évans vu dans les cheumins ;
J'évans vu des guéchons tot bliémes,
Des soudarts et des beiles dèmes,
O trimazo !
S'at lo maye, ô mi-maye,
S'at lo jali mois de maye,
S'at lo trimazo !

Voleuv's sawouèt ce que j'sévans
Dessus l'compte de bien des gens?
Ecoutons nos, veus pleus d'évance
En rire, ou brare è vate aisance.
O trimazo !

Je v'lans palet dés libertins,
Des péressoux et des vauriens ;
On correut beun' tortot les v'leiges
Sans treuvèt pus d'treus hommes seiges.
O trimazo.

S'at les guéchons de Saint-Julien
Que sont jaloux d'awouèt don bien ;
L'ont bei vend' cher zous brins d'sarmattes,
Souvent on les wouèt sans queulattes.
O trimazo !

Y r'sannent les gens de Lessy,
Les guéchons, les bacels de Scy ;
Y valent tos les sous d'Plepvèle,
De Tignammont et de Lonj'vèle.
O trimazo !

Si v'en aleus d'sus les merchés,
Veus n'woyeus que des débauchés ;

Les fommes sont des hérangères,
Des effrontayes , desmeigères.
          O trimazo !

Chéquin connat l'mar' de Woipy,
Qu'at si fier en p'tant lo graouilly,
Y s'creut in homme d'importance
Quand il évale sè pitance.
          O trimazo !

On n'wouet dans tos les environs
Que des grigoux et des guenons ;
Et let veile com' dans les v'leiges,
Les bliancs bonnats n'sont oua pus seiges.
          O trimazo !

V'néveus rien vu si v'néveum's vu
Les deum'jales tonnant lo cu,
Y faut allet è let pèrade,
Au grand motin , è let prom'nade.
          O trimazo !

Por étrepèt les gadluriaux ,
L'ont des ribans , des haubriaux ;
S'at in pliaji d'les veur pérayes ,
Veus les panrins po des poupayes.
          O trimazo !

On wouet portant des brauves gens
Tossèt , tolet que sont pliajans ;
Aussè tojos en deuligence
Jc lous féyans let reuvérence.
          O trimazo !

J'névam's palet don p'tiat golond
Qu'on wouet tojos let pipe au grond ;
Y r'sane au jambon de Méyence,
Tant l'at enfeumet et rance.
          O trimazo !

Tant qu'on n'lo wouemé au québérèt,
Y n'fat cheux lu que d'quèrellet ;
Y bèt ses afans et sè fomme,
Ce n'at qu'in diale au lieu d'in homme.
   O trimazo !

Pendant qu'sè fom' bra dessus s'lit,
Y dine éva grand aupétit,
Lo droul' sope éva sè servante
Qu'il entreutient tojos fringante.
   O trimazo !

On n'wonem' solet dans tot Vreumin,
Les fommes vont dreut zout' chemin :
Je n'vos dèrans rien des bacelles,
Let nut on le prend po pucelles.
   O trimazo !

J'en érins trap è v'recontèt,
Si j'volins tortot deubitet :
J'n'érim's fini de let jonaye,
J'n'en povans fare let crouaye.
   O trimazo !

Nas jamb's sont com' des chervelus,
Je n'povans pus nos ter' dessus :
Val' que j'évans fini nat' danse,
J'en espérans let reucompense.
   O trimazo !

FIN.